バッド・ドリーム

村長候補はイヌ!? ～色恋村選挙戦狂騒曲

落合誓子

バッド・ドリーム

村長候補はイヌ!? ～色恋村選挙戦狂騒曲 【目次】

あらすじと登場人物

色恋村	日本海に面する架空の小さな村。アメリカの憲法の元になった原住民の村、イロコイコーストをイメージして作者が命名。
色恋村クリーンプロジェクト	この村に降って湧いた国営廃棄物処分場の計画。海を埋め立てることから反対する住民と推進側が繰り広げる村長選挙の選挙戦を軸にして物語が展開する。
花田　武	反対派候補者。耕地組の親会社大興組色恋出張所の元社員。若干三十歳。推進側の候補者は津田袋健太、津田袋誠の飼い犬。
山田信教	海町信教寺住職。反対運動の中心人物。選挙の幹事長。この人の宗教観が運動をリードしていく。
北島祐介	職業は弁護士。選挙の事務局長。色恋村は母親の古里。祖父の死をきっかけに色恋村に住む。
尾山光明	高校の理科の教師。教職員組合の責任者。庶民の運動の感覚に 影響を受ける。
谷本　隆	花田陣営の後援会長。この村でただ一軒の内科医院の医師。
山本松雄	村に三軒ある風呂屋の一軒「山の湯」の主人。若い頃から遊び人として鳴らしている。父親が突然死んで、実家を継ぐため、五年前に妻子を連れて帰って来た。彼の庶民感覚が反対運動をリードする。
塚原公雄	耕地組の下請けの社員。自分の置かれている立場を顧みず反対運動の闘士。
前川たみ	漁師の女房。漁協婦人部役員。反対派の実動部隊。
宮前文子	漁師の女房。漁協婦人部役員。反対派の実動部隊。
浜口千鶴	母親は大和の姉、既に故人だが、その娘の千鶴は大和譲りの堂々とした風格を持つ、

網元の夫人。反対派。夫は漁協の組合長。

浜本称覚　山町の欽念寺の住職。この人の秘めたる過去がからんで物語が進行する。

杉本慶裕　里町の西福寺の住職。脅されて引っ込んでしまったことを後悔する若い僧。

津田袋大和　この村を牛耳る土建業「耕地組」の創業者で、前村長でもある。この人の利権からクリーンプロジェクトが計画される。故人。

津田袋誠　大和氏の長男。故人。推進派候補の健太はこの人の飼い犬。

津田袋光　大和氏の孫。この村の事実上の総務課長。推進派の中心。

津田袋健太　癌を発見する特別の能力を持つ犬。村長選挙の候補者になる。

田岡幸吉　色恋村の元助役。元耕地組の番頭。汚れ役に徹して村を守って来た。候補者健太の綱を持つ。

黒崎　琢　大興組幹部。東京に本社のあるゼネコン、I支店は県庁所在地Kにある。支店長は大阪支社の専務でもある。このたびの大プロジェクトの立地部長も兼務。様々な謀略を繰り出す。

大山信二　犬の後援会長、歯科医師。長身でヒョロヒョロした男で、「アイビールック」がトレードマーク。

上戸幸一　村会議長を務める古参の議員。金の差配のおこぼれに預かることが目的。お人好しの推進派。

谷田良治　大和氏の息子。赤ん坊の時に連れてきた人があって、大和氏は心当たりがあったのだろう。すぐに息子と認めて、以来、家族として一緒に住んでいたが、成人してからは一族と折り合いが悪かった。反対派。

総決起集会

一

普段は年寄りしか出入りしない海町信教寺の境内、しかしその日の夕方は若い人がキビキビと働いていた。頭には黄色の鉢巻きをしている。外に看板を出す人、ポスターを貼る人。マイクを組み立てる人。選挙用のチラシを準備する人。足元に投光機を付ける人。その日は村長選挙の総決起集会。投票日まであと三日。選挙戦は終盤にさしかかっていた。住職は人の集まり具合を気にしながら落ち着かなかった。

やがて日が暮れ、本堂には光が入った。一番先にやって来たのは教職員組合の先生たちであった。住職はすっかり顔なじみになっていた何人かと言葉を交わした。そのうちに漁師のお父さんや早めにご飯の後片付けを済ませたお母さんたちがぼつぼつと集まってくる。

どの顔もこの顔も最近顔なじみになった人たちばかりである。そのうち山町の欽念寺の住職浜本称覚がやって来た。信教寺住職山田信教を見つけると、辺りを見回しながら浜本は聞いた。

「里町さんは」

そういえば里町の西福寺の住職、杉本慶裕がまだ来ていない。いつもなら真っ先に来て準備をする人である。

「まだ見えませんなぁ」

山田は心配になった。後援会のミニ集会に寺の本堂を貸したことが原因で門徒総代のひとりにきつく叱られたという話を聞いたのはつい先日のことであった。そういえば選挙戦に入ってからは一度も会っていない。

「何か妨害があって出て来られないのではありませんかね」

「無理されなければいいが……」

二人で顔を寄せ合って、頷き合った。それから山田は辺りを見回した。本堂はもう六分の入りであった。山田は少し安堵した。こんなに人が集まってくれるとは思わなかったのである。

何をやっても人が集まらない。それがこのごろの有様であった。色恋村に始まった戦争のために村はすっかり二つに割れてしまったのである。

信教寺の住職、山田信教が支持するのは、花田武という若干三十歳の青年であった。

仕掛けられた戦いには勝たねばならない。住職はここ数年、降って湧いたような事件の渦に巻き込まれていた。現実の重さを噛みしめながら本堂の片隅で静かに時を待った。傍らには浜本称覚の端正な横顔が寄り添っていた。

二

「それでは、ここで後援会長、谷本隆先生が花田武君の当選を目指して、皆さまに心よりのお願いを致したいということでございます」

総決起集会はいよいよ佳境に入って来た。

「先生はこの『色恋村』の将来を深く憂い、この若き青年『花田武君』の擁立に命をかけて立ち上がってくださいました。先生は、この村でただ一軒の医院の医師として、たくさんの方々の命を救って来られた。その先生が今回の選挙で……あんまりだと……」

司会の山本松雄は声を詰まらせた。咳払いをした後、ややあって、首を軽く左右に振りながら意を決したように話し出した

「標準語はこんくらいにしてー、あんたっちゃ、こんなこっちゃ世の中、間違うとると思わんか」

「おおー、松つぁん、その調子」

会場から野次が飛んだ。山本松雄はこの村に三軒ある風呂屋の一軒「山の湯」の主人だ。若い頃から遊び人として鳴らしていて、「山の湯の松つぁん」として親しまれている。父親が突然死んで、実家

を継ぐために、妻子を連れて帰って来たのが五年前のことだった。妻も色恋村の出身で幼なじみであるという。薄い髪の毛で小柄。ちょろちょろとどこへでも潜って行くようですばしっこい。今日はときどきつま先立ちをしながら司会している。白い裾の広がったズボンに白いエナメルのベルトで決めているが、その格好はなかなか様になっている。今回も歌謡ショウの司会をしたことがあるという経歴を買われて司会者にさせられてしまった。

「それでは谷本先生どうぞ」

拍手に促されるようにして後援会長が登場した。

まず、会場を借りている信教寺のご本尊に向かって手を合わせて、軽く会釈をした後、向き直って、ゆっくりとした口調でおもむろに話し始めた。

「今ほど、ご紹介にあずかりました谷本です。こんな口惜しいことはありません。村民を愚弄するようなこんな暴挙を私たちは許すことができるでしょうか。由緒と歴史がある、この美しい「色恋村」に日本のゴミを全部集める、そんな暴挙を黙って認めれば、私たちはご先祖様に申し開きがたちません。村民の誇りにかけて、この自然を守り抜きましょう」

わき起こった拍手を遮るように谷本は言葉をつないだ。

「今、この村を牛耳る津田袋《つだぶくろ》一族に逆らったらどういうことになるか。花田君は大学まで出てこの村に帰ってきた、我々の希望の星であります。この希望の星を潰すことは忍びない。あのズタブクロに逆らって負けたらこの村では生きてはいけません。何としても勝たねばならない。それには皆様方、お一人お一人のご支援におすがりする以外にはありません」

ズタブクロというのは津田袋《つだぶくろ》のことだ。

「津田袋大和《つだぶくろやまと》」はこの村を牛耳る土建業「耕地組」の創業者で、前村長でもある。大和の突然の死去で、この村で計画されている産業廃棄物の最終処分場の建設をめぐる熾烈《しれつ》な選挙が始まったのである。

「勝って産業廃棄物の「大処分場計画」を止め、この村に巣食う禿鷹《や》どもの征伐が出来るのはこの花田君しかいない。どうか最後まで絶大なるご支援をお願いいたします」

谷本は深々と頭を下げた。再び割れるような拍手。その拍手に送られて後援会長は退場した。椅子に戻るとハンカチを取り出し額の汗を拭った。春四月、汗の季節にはまだ早いがビッショリ汗をかいている。

この寺の住職、山田信教はここまで漕ぎ着けた激動の数か月に思いを巡らせながら、後援会長の汗を見詰めていた。

会場では松つぁんの名調子が続いている。

「俺思うげけどねぇ、いくらズタブクロ、いや、津田袋」

「ズタブクロでたくさんや」

すかさず野次が飛んだ。

「ズタブクロでも勿体ない。ゴミ袋でたくさんや」

司会者の山本松雄は野次に元気づけられ、我が意を得たりと付け加えた。

「いくら何でも、俺らの村民はほんなダラやろうか。日本中の産業廃棄物を埋め立てたら海岸べりの小ちゃい湾がみんな無くなってしまうがに……。それに……」

そこで山本松雄はちょっと口ごもった。

その時だった。

「あんたらっちゃ、さっきから聞いとりゃあ、大事なことを言わんと何をしとるか。相手のズタブク口健太は犬でないかい」

前川たみの濁声に会場は一瞬凍りついたように静まり返った。時間にしてほんの数秒。しかし何分も続いたような長い時間だった。

「そうや、たみちゃんの言うとおりや、松つぁん、こら　風呂屋の父ちゃんよ、しっかりせんかい」

野次が飛んだ。その野次が凍りついて時間が停まったような会場を騒然とさせた。

「そうや、どんなに利口でも犬は犬や」

「犬に村長などできるもんかね」

口々に言い始めて、山の湯の松つぁんは立ち往生。思わず振り返り、後方に控えている事務局長に目で助けを求めた。

「相手の候補者を公式の場で直接、誹謗中傷すると選挙違反にとられる恐れがあります」

事務局長の北島祐介が口を挟んだ。職業は弁護士だ。いつも冷静で穏やかに話す。背が高い優男《やさおとこ》で、決っしてハンサムではないが、ちょっと都会的な感じのする男である。

「弁護士の先生に言わせばそうかも知らんが、そんな考えは間違うとるように私は思うけど違うかねぇ。それが法律なら法律が間違うておりませんか。犬は犬、事実は事実、本当のことを言って選挙して何が悪いがか私にはわからんです」

畳みかけるようにして発言したのは宮前文子である。割れんばかりの拍手が巻き起こった。漁業協同組合の婦人部長で前川たみの仲間である。

「思い切って私も言わしてもらいます」

山本松雄は意を決したように話し始めた。

「インコロに選挙で負けたなんて、前代未聞。俺らの村人は、ほんな、だらけ……。あんたらっちゃ、恥を知ってください。誇りを取り戻すことが出来るように、次に続く子どもたちに恥じぬように、この選挙は何としても勝たねばなりません」

山本松雄は司会者の口調に戻って声を一段と張り上げた。

「それでは我らの候補者花田武君に立候補の決意を伺います。花田さんどうぞ！」

花田武はまだ独身。三十を出たばかりの、かっこいい青年である。選挙戦でも、ジーパンの上にブレザーをはおっている。有権者の受けを狙ってたまには作業着で選挙する人も居るにはいるが、田舎の選挙の候補者の中で、スーツを着ないで選挙する人はとても少ない。精悍な顔立ちだが雰囲気はソフト、なかなか好い男である。

「今ほどご紹介頂きました花田武であります。

私がなんで立候補したか、いまさら申すまでもありません。この村に日本中の産業廃棄物が集まることを知ったからであります」

花田武は耕地組の親会社である大興組の色恋出張所の社員だった。ある時、会議室に放置してあった図面をそれとは知らずに見てしまったのが始まりだった。

小さな湾が全部つぶされ、産業廃棄物の捨て場になってしまう「色恋村クリーンプロジェクト」なるものの存在を知ってしまったのだ。

愕然とした花田が一番先に相談したのが今日の総決起大会の宿主、信教寺の住職「山田信教」だった。たちまちのうちに反対する人たちが集まり「ゴミいらない村民の会」が結成される。今から二年ほど前のことである。

「私がこのたびの選挙に立候補する決意を固めたのは産業廃棄物の処分場の問題であることは言うまでもありませんが、本当はそれだけではありません。私はもともとこんな大それた選挙など考えてもいませんでした。

村民の会が結成されてからの嫌がらせの数々は確かに陰険ではありましたが、私はこの村の人間ですから、親戚もあり、その中には現地に土地を持っている地権者もたくさんいます。あからさまな手出しはかえって逆効果との考えもあったのでしょう。無視しても済むものでした。ところが私の立候補が取沙汰されると状況は一変しました。ある時I支店の支店長室に呼び出されたのです」

大興組は東京に本社のあるゼネコンで、I支店は県庁所在地Kにある。支店長の黒崎琢は大阪本店の専務でもある。このたびの大プロジェクトの立地部長も兼務していて色恋出張所の社員にとってはさしずめ身近な最高責任者にあたる。

「支店長室の机の前に座らされて、見せられたものは私の身元調査でした。見たことも聞いたこともない親戚まで全部調べ上げて総勢六十八名。この人たちに迷惑がかかってもいいのかと迫られたのです」

みんな固唾をのんで花田の次の言葉を待っている。

「お前らに何の権利があってそこまでやるのか。腹の底から怒りが湧いてきました。チクショウ出てやるぞ!!

私はこの時この会社を辞し、立候補をすることを初めて、決意いたしました」

いつの間にか信教寺の本堂は満堂になっていた。

涙を流している人もいる。本堂が震えるほどの歓声が花田の言葉を包んでどよめいたのであった。

三

「あんたらっちゃ、感激して熱なるがいいけど負けりゃ何にもならん。盛り上がるがも大事やけど、そんな暇があったら、どうしたら勝てるか、もっとやらんならんことがあると思うけどねぇ」

塚原公雄が突然立ち上がった。

「俺はさっきまでズタブクロの総決起大会に紛れ込んでおったけど、あんたらっちゃ、相手が犬やから勝てるとタカをくくっておらんかねぇ。動員で集まった下請けの土建の男らは顔つきが変わってしまっとったぞ。簡単に勝てると思ったら大間違いやぞね」

塚原公雄は耕地組の下請けに勤める。長い間都会暮らしをしていて、一昨年の暮れに妻と子を連れて帰ってきたばかりである。「俺は仕事をして給料を貰うとる。ゴミ捨て場に反対しようが、選挙で誰の応援をしようが俺の勝手。会社に口出しされてたまるか。首に出来たらしてみろ。そんなことしたら社長相手に裁判をふっかけて慰謝料をしこたま取って、この村を出て行ってやるぞ」と言うのが口癖だが、無遅刻、無欠勤。幾つもの機械のオペレーターの資格を持つ。極めて有能な社員なので、村中で自分の理屈を「ガナリタテ」ていても、会社は今のところ手出しが出来ない。がっちりとした、いかにも労働者という体つきで、喧嘩早い割には言葉が柔らかい。かなりきついことを言っていても、どことなくふんわりと聞こえるのが得をしているのかも知れない。

「そうです。塚原さん。良いことを言ってくださった。少し私の話を聞いてもらわねばなりません」

立ち上がったのは事務局長で弁護士の北島祐介である。

「この選挙はそんな簡単な選挙ではありません。犬でも猫でも関係ない。あの人たちはその気になったら幾らでも当選させてしまいます。

考えてみて下さい。どんなに素晴らしくても、賢くても健太氏が立候補できるということは考えにくい。それが立候補できてしまうんです。何故だと思いますか、この『色恋村クリーンプロジェクト』は国家が後押ししているからです」

弁護士の言葉が静かに広がっていった。

「ここに産業廃棄物の最終処分場ができれば、これから何十年もの間、国は廃棄物の処理に頭を悩ますことがありません。そのためだったら何でもする。そんなものに私たちの村は不運にも見込まれてしまったのです。

普通、国家がゴミの処分場を作ることはありません。あくまでも民間企業ないしは地方自治体の仕事です。

しかし、昨今の情勢は国が傍観していることを許さなくなった。そこで一昨年の秋に新しい法律ができたんです。五年間の時限立法です。『国が直接産業廃棄物の処分場を手がけることができる』という内容でよく読むと、国にかなりの権限が付加され、現地に相当の額の飴をばらまくことができます。そのうちこの色恋村でも、関連の公共事業が次々と出てきて、目に見えた形で村は変わります。その特別なことができる期限が五年ということです」

それは言い換えれば、その五年間で目途をつけなければ立地は困難になるということでもある。

「そこで様々な工作が始まったのは皆さんもよくご存知でしょう。先進地視察とかという名目の無料の旅行が最近出てきたのをご存知ありませんか」

各地の産業廃棄物の処分場を視察に行くという名目で、職場・町内会・婦人会等の単位で申し込めば無料の旅行ができるということで昨年の秋から話題になっている。もちろん視察は形だけ、後は名所旧跡を廻り、宿でのどんちゃん騒ぎが目的で、農家の仕事が一段落した「秋上がりの慰安旅行」として利用するグループがぼつぼつと出始めている。

地元の懐柔工作として、今後ますます増えて行くことが予想される。しつこい勧めに、始めは一度だけのつもりで協力しても、なにしろ無料の旅行なのだから、一度味をしめると何度でもやりたくなり、そのうちに、だんだんがんじがらめになっていく。

団体旅行を唯一の楽しみと考える、田舎の人々を手なずけるには最も効果のある方法かも知れない。心当たりのある人は会場にも居るに違いない。行ったことのある人を敵に回さないように注意しながら北島は説明を続けた。

「視察旅行の外にも、まだまだいろいろあります。大工事を独り占めにするべく、津田袋氏から億単位のお金が国会議員に渡ったという噂もあります。もちろんまだ噂の段階で確たる証拠はありませんが…」

北島祐介は慎重に言葉を選んで話し続けた。

「私たちは今、国の計画に反対しているのだということを肝に銘じて、油断しないで、一票ずつ積み重ねていっていただきたい。本来はあってはならないことですが一部の政治家は警察を意のままに動かします。選管が立候補を認めたということは、都合の悪いことは選挙違反として、いくらでも取り締まることができるということです。言葉に気をつけて、投票日まであと三日の選挙を頑張っていきましょう。

それから最後にこの選挙には様々な謀略が仕掛けられています。私たちの積み上げた票も明日の朝には消えてなくなっているかもしれない。私たちはそんな選挙を戦っていることを忘れないで下さるようお願いいいたします」

いつもクールな北島の言葉の最後は涙声になっているように聞こえた。本堂は張りつめた緊張感でいっぱいであった。

四

その頃、この村に一つしかない県立の体育館は千人の人で溢れていた。耕地組とその下請けの土建屋、それに村役場の職員、そしてそれらの家族が動員されていた。総動員をかけたのだ。

中央の椅子の上にタスキを掛けて鎮座ましますのは津田袋健太氏、その横に胸に花を付けているのが前助役「田岡幸吉」である。健太の応援をするために助役を辞したという。助役は特別公務員なので、ある程度の選挙運動は可能だが、身代わりに胸に花を付け、一日中庁舎を空けるには、やはり辞任しかない。

事実上の総務課長は「津田袋光」。大和氏の孫にあたる。若干二十四歳の青年だが、田岡が選挙準備のため辞任した折りに事実上の総務課長を引き継いだ。実際、総務課長はいるにはいるが、形だけで、その実権は光が引き継いだ。村長も助役もいない村の政治を一手に引き受けてひたすら留守を守る。今日の総決起大会は大切な場となるので、一番前の席に座って推移を見守っていた。

壇上で演説しているのは後援会〈健太会〉の会長の大山信二。歯科医師である。長身でヒョロヒョロした男で、「アイビールック」がトレードマーク。紺のブレザーに金ボタン、細い衿がこの男の青春時代を言い当ててくれている。

「かくも賑々《にぎにぎ》しく、このように沢山の方々にお集りいただき、健太会の会長としてこんなうれしいことはありません。健太氏の並外れた、輝かしいご功績は今さらここで私が論ずるまでもありませんが、必ずや村民の皆様のお役に立てることと存じます」

色白でのっぺりとした顔立ちだが、育ちの良さがよくわかる。大山家は代々続く地主の家柄で、津田袋より、はるかに格は上である。少し鼻にかかった声とゆったりとした口調が特徴で、独特の雰囲気でいつの間にか周りの人を巻き込んでしまう。

「私は健太さんを犬とは思っておりません。沢山の人の命を救うなど、この村にある、ただ一軒の内科医よりも、よほどこの村に貢献しておられる」

田岡が大げさに拍手すると、千人が一斉に拍手をする。全員が日の丸の鉢巻きをして、整然と並んでいる様は壮観である。

その時であった。白いシャツに白いミニスカート。白い靴下を履いた白ずくめの女性軍団が舞台に雪崩れ込んできた。名付けて「健太レディス」、候補者の親衛隊である。白い服装はさしずめ看護士をイメージしたのかもしれない。耕地組や大興組の幹部社員の娘や夫人など、いわばこの町のエリートで構成されている。ピンクレディの「ＵＦＯ」にのせて全員で踊り始めた。演出は田岡だろうか。ピンクレディのファンだったらしい。この年齢の男にしては珍しい。

「ユウホー」と叫ぶところを全員で「健太」と叫ぶ。そのたびに健太氏は尻尾を大きく振って喜んでいる。

「みなさん、当選まであと一息、みんなで頑張りましょう」

スピーカーから流れる田岡の音頭で、全員で「頑張ろう」を三唱して、拍手と共に総決起大会は終わった。

会場の入り口では候補者が先回りして待ち受けている。候補者と握手をして帰るのが習わしなのだ。チンチンした健太に一人ずつ、握手をするのに長い列がいつまでも続いていたのであった。

天才犬健太

一

「さて、何票差ぐらいで勝たせようかね」

ここは耕地組の会議室の一室である。選挙の告示を明日に控えた月曜日の夜、前助役の田岡と大興組の支店長黒崎が色恋村の総務課職員津田袋光を相手にこそこそと話し合っていた。耕地組は光の祖父で前村長の大和氏の会社である。里町の村役場の庁舎からもほど近くにあり、村では役場に継ぐ立派な建物であった。

社員のいない休日か夜に、鍵を掛けて社屋に閉じこもって話をする方が安全なのを彼らは知っていた。万が一、出入りを人に見られても誰も不自然とは思わない。狭い田舎の村のこと、自宅や料亭だとかえって怪しまれる。

田岡の問いに答えたのは黒崎である。

「五百票差でどうかね」

「相手は犬ですよ。もう少し差がないと心配です」

津田袋光は反論した。

「犬だからこの程度の差でよいかと……」

「それは違います。黒崎さん。反対です。犬だからこそ、二千票ぐらい思い切って開いていないと、当選した後が困る。二千票の差があれば、不満分子も諦めようというものです」

「なるほど」

黒崎は感心したように言葉を継いだ。

「さすがに、お若いが政治家でいらっしゃる」

「大和さんのお孫さんだけあるなぁ」

田岡も簡単に同意した。光はつい昨日まで村役場で自分の部下だった男である。

色恋村の有権者は約一万人。二千票の差を付けたかったら六千票を目標にしなければならない。

「一人二万円として一億二千万円。用意できるかねぇ」

田岡は黒崎に向かって事務的に聞いた。田岡は役回りに似合わず、清潔な感じのする男である。悪く言えば裏工作の専門家だが、よく言えば秘書のような仕事を長年やってきたせいなのだろう。

一千五百万円は既に議会工作費で消えてしまった。その上に一億二千万の選挙資金を調達しなければばならない。

ここまで来たら賽《さい》は投げられてしまっている。こうなれば、もう運命共同体だ。田岡の言い方はかなり高飛車に聞こえた。

「大興組と耕地組折半ということでー」

黒崎が答えた。光はすかさず食いついた。

「支店長、折半はないでしょう。うちは四千万出しますから、残りはなんとかなりませんかね、黒崎さん」

「五千万円以上の工作費は本社の許可がないとねぇー。先に一千五百万のうち五百万はもう出していますから……」

「伸《の》るか反《そ》るかの大事な局面ですから、本社とご相談いただけませんか」

光は譲らない。黒崎は落とし所とばかりに勝負に出た。

「それでは中をとって五千万円と七千万円でいかがですか。そのくらいなら、私の力でなんとかなりますからー」

「うーん……」

光は横目づかいで黒崎を見て黙ってしまった。

田岡があわてて中に入った。

「まあ、今日決めなくてもー。大体その辺のところでどうですかね……」

結局はどう決着したのか田岡もわからない。黒崎が「若僧に手玉に取られた」と後日ぶつぶつ言っていたので、大興組が八千万出させられたのかも知れない。先に決定した議会工作費を入れて八千五百万円。一兆円の大台に迫るというプロジェクトの規模からして八千万や一億ぐらい、どっちがどう出しても知ったことかと田岡は思った。それより勝つことだ。

田岡はこれとは別に二千万の資金を堂々と集めようと計画していた。耕地組の下請け各社におふれを出して、選挙が始まってしまってからのギリギリのタイミングで、半強制的に二千万の資金を集めるのだ。

「金がなければ犬など勝たせられるか」田岡はそうつぶやいた。なぜ犬など立候補するはめになってしまったのだろうか。これには長い物語があったのである。

二

津田袋健太は大和氏の長男、津田袋誠の飼い犬だった。名は「ケン」。秋田犬とシェパードの雑種で今年六歳になる。

ケンは不思議な能力を持った犬だった。いつの頃からそんな能力を持つようになったのか誰も知らない。ケンの不思議な力を家族が知ったのは大和氏の夫人「フジ」さんが癌で亡くなった、今から三年前のことであった。ケンはフジさんの足に纏《まと》わりついて、何日も哭《な》き続けたのである。しかし誰もその理由がわからなかった。

ところがある日、フジさんは足に異常な痛みを感じて村に一軒の谷本医院へ行った。その時谷本医院では肉離れと診断してフジさんにパテックスを処方した。しかし、いつまで経っても足の痛みは治らなかった。その間もケンは足に纏《まと》わりついてなぜか哭《な》き続けたのだ。フジさんはたまりかねて隣町の外科医院に行った。そこですぐにK市の大病院に行くことをすすめられたのである。

フジさんの病名は骨肉腫だった。ケンが纏わりついた所に癌ができていたのである。

以来、ケンがしつこく哭くと癌ができている。そんな話が村中に広がった。そして実際、ケンによって何人もの人が際どいところを助けられたのである。

それからの三年間はケンの栄光の三年間であった。テレビ出演は数知れず、この小さな村の犬は、日本全国知らない人はいない名犬となって知れ渡ってしまったのである。

そんな時、アメリカ合衆国の大統領からケンに招待状が舞い込んだ。ワシントン州の州立病院・予防医学研究所がケンの能力について研究したいということであった。イギリスの科学雑誌「ネイチャァ」に紹介されたことがきっかけであるという。

多分、人間の数万倍と言われる犬の嗅覚が癌細胞から発するわずかな臭いを嗅ぎ分けて反応するのだろうということだが、全く新しい分野であるらしく科学者からは驚愕の犬として破格の扱いを受け始めていたのである。

さて、アメリカへという段になって、日本の国も黙ってはいなかった。ケンに国籍を与え、人間と同じ待遇の「親善大使」として国家予算を付けたのである。

その時ケンの名前は「津田袋ケン」。飼い主、津田袋誠の養子として村から住民票を与えられ、戸籍にまで登記されてしまったのだ。アイドル待望の日本中の世論がファンとして後押ししたのであった。

マスコミが加熱するとともに、ピクニック気分の見物客が後を絶たず、津田袋の家の裏庭にケンのお立ち台ができるほどであった。そのうち見物客が道に溢れて警察まで動員され、それでも事態を収拾できずにとうとう裏にある色恋公園に場所を移す始末。まさに異常な事態であった。


ケンが誠と一緒に海を渡ったのは昨年の九月の初めのことであった。誠は村役場に入って二年の長男光を連れて行った。大学の法学部卒、アメリカにも留学させたことのある光はこんな時、まさに誠の頼みの綱であった。

誠には学問といえるものはほとんどなかった。地元の高等学校の実業科を卒業しただけで父親の大和と一緒にただ働いた。学問より実業。人夫や職人をうまく使うことのできる能力は学問では身につかないと信じて疑わなかった大和のお陰で、誠はほとんどこの村を出たことがなかったのである。教育方針というほどのことではない。大和はただ、普通にそう思っていたから、そう教育しただけであった。

したがって誠はアメリカ行きそのものに気が進まなかった。学問的にケンがどうであれ、そんなことにはあまり興味がなかったのである。ケンが時折テレビに出て、騒がれるだけで十分に得意で幸せだった。

　しかし、父親の大和氏は村長である。この大掛かりな名誉を拒否することは到底できなかった。いつもお世話になっている代議士先生の得意満面たる顔に免じても、ここは感激して、ありがたくお受けしなければ話は進まない。

　それでも誠は最後まで長男光だけにアメリカ行きを任そうかとずっと考えていた。しかしケンはあくまでも誠の飼い犬だ。光だけでは長旅にはどうしても不安があった。その上、科学者の研究材料など何をするのか見当もつかない。どんなに賢くてもケンは犬である。暴れたり、吠えたり、何しろ国の親善大使なのだから、そそうがあっては大変なことになる。国家予算を頂いているのだ。そう考えると、ずいぶんと重たい役目である。

　積んだり崩したり、どうしても誠自身が「自分が行くしかない」と決心するまでに本当に時間がかかったのであった。しぶしぶ、本当にしぶしぶ、アメリカへ出かけたというのが真相であった。

　その時アメリカで一行が思いもかけない事件に遭遇することになろうとは誰も思ってもみなかった。あの大事件が起こったのだ。

　一行の世話役は外務省の役人と東京大学の先生であった。誠はアメリカまでやってきたことを何度も後悔した。役人は一生懸命に世話をしてくれたし、大学の先生はとても丁寧で親切だったが誠には荷が重かった。何がどうなったのかほとんど覚えていない。外国の大学どころか日本の大学へも行ったことがない誠にとって、研究室での数日は苦痛以外の何ものでもなかった。ただひたすら光の後でケンのお守りをしているだけであった。

長い数日が終わって、アメリカの国旗をつけた車に乗せられてニューヨークのテレビ局へ連れて行かれた時だけ、誠はちょっと得意だった。テレビ局の玄関には日本大使館の大使夫妻が出迎え、テレビカメラの前でケンを紹介する時だけ、誠は本当に晴れがましく、来てよかったと心底思ったのであった。それだけでも身に余る光栄だったのに、それからホワイトハウスに招かれ、大統領ご夫妻にケンをお目にかける段には気が遠くなる思いであった。

全部終わったその日の夜と次の日の夜、一行はニューヨークに泊まることになっていた。最後の一日を緊張から解放して自由に過ごさせてやろうという配慮で、光と誠とケンだけでニューヨークの摩天楼のど真ん中、マンハッタンのホテルに泊まることになっていたのである。ケンは国賓待遇である。ホテルでももちろん人間並みに同じ部屋に一緒に泊まることができた。誠は本当に肩の荷が下りた初めての夜であった。

次の日はアメリカ最後の一日だった。光の案内でアメリカの休日を愛犬ケンと一緒に存分に楽しむ予定だった。その次の日の朝、三人いや二人と一匹は大変な事件に巻き込まれてしまったのである。なんと誠氏は日本に帰ることなく、無惨にもその日、そのままアメリカの地で亡くなってしまったのである。

「9・11」に巻き込まれて亡くなった。といえば大変なことだが、そんなことではない。いや、人ひとりの命がなくなったのだから大変なことには違いないが……。馴れない環境で緊張を強いられていたのがよほど無理だったのか、誠は心臓発作を起こしてしまったのだ。なんと、ツインタワーの一棟目が倒壊したその直後だった。医者も病院もホテルも救急車も混乱の最中であった。いや、もしも、病院が機能していても、助かったかどうかは定かではない。しかし、もしその日でなかったなら、病院へ到着するまでにあんなに時間はかからなかったかもしれない。

その時のケンの活躍は大変なものであった。主人の異変をいち早く察知し、ノブに飛びついてドアを開け、ホテルの外で唖然としている光を呼びに行き、ワンワン騒いでボーイを部屋に連れてきて、呆然としている光に吠えかかって、電話をかけさせ…しかし、その総てが無駄であった。

日本でその知らせを聞いた大和氏の驚きはたとえようもなかった。得意の絶頂から失意のどん底に突き落とされてしまったのだ。

大和氏はその日から津田袋大和ではなくなってしまった。最愛の息子を失ったショックで間もなく脳卒中を起こし、以来、ベッドから起き上がることができないままに、半年後に亡くなってしまったのである。

三

もう大和氏の死が避けられないことが誰の目にも明らかになったある日の夜、次期村長の候補者選定を巡って、津田袋一派とその側近たちは職員の帰った村長室でもめにもめていた。村長室はエレベーターの真ん前、エレベーターが止まると、ピンポンというかなり大きな停止音がする。非常階段の戸さえ閉めてしまえば、不意の客は必ずエレベーターでやってくる。その音にさえ聞き耳を立てていれば、誰かに会話を聞かれてしまう心配はない。しかし、主のいない村長室はどこか寒々としていた。窓辺に置かれた花瓶の花が枯れかかっていたせいかも知れない。村長が健在ならばあり得ないことであった。

「村長は津田袋一族以外には考えられないでしょう」

最初から、そう主張して譲らなかったのは田岡幸吉助役だった。田岡は自分にお鉢が回ってくるのを極端に恐れていた。津田袋大和に仕えて四十年、汚れ役に徹してきた田岡には触られたくない脛の傷が幾つもあった。それがまだ時効になっていないものさえあるのだ。選挙で表に引っ張りだされたら、ひとたまりもない。

もちろん大将に傷をつけたくないために渡った危ない橋が原因でできた傷ばかりだが、当のご本人は命さえも風前の灯火《ともしび》である。庇《かば》ってくれることは絶対にない。それに候補者負担分の選挙資金としてどんなに少なく見積もっても二千万円は用意しなければならない。田岡には出すあてもなかったのだ。

耕地組の事実上の番頭ではあっても、大和氏が村長になった二十年前に大和氏と一緒に会社の表舞台から降りてしまっている。ドサクサに紛れて大金を引き出すにはちょっと会社の現状に暗かった。

それに光は思いの外、切れ者だった。父の異変から約三か月。役場の職員の傍らで、会社にせっせと顔を出し、既に事実上の社長としての実権を掌握してしまっていた。村長選挙が終わってしまったら、誠の後を受けて社長を継ぐつもりでいるらしい。田岡といえども光の目を誤摩化して大金などとても引き出せたものではない。

もちろん光は若すぎた。被選挙権は二十五歳にならないと持てないのだ。あと、まだ一年は早い。

「あの…浜の奥さんはどうでしょうかねぇー、だめかねぇ……」

遠慮がちに意見を述べたのは上戸幸一だった。上戸は村会議長を務める古参の議員である。議会の利害を代表して候補者選びに顔を出していたのである。

「千鶴さんなら誰が見ても遜色はないと思いますんですが……」

浜口千鶴の母親は大和の姉、既に故人だが、その娘の千鶴なら津田袋譲りの堂々とした風貌を持つ、網元の夫人であった。

「ありゃあ反対派だぞ」

光は鋭い声で嗜《たしな》めた。

漁業組合婦人部の幹部として既に反対派の一角を担って活動している。

「私もそれは存じておりますが、何分にもお身内ですから、いざとなったらご協力をいただけるものと思っておりますんですが……」

「あの方はだめでしょう」

田岡も光に同調した。色恋村クリーンプロジェクトが正式に議会で取り上げられた今年の春、血相を変えて村長室に乗り込んできて、凄まじい形相になって叔父で村長の大和氏に食ってかかっていたのを思い出した。千鶴の夫は今、漁業組合の組合長をしている。立場があってなおさら動けない。

「それなら谷田良治さんはどうでありましょうかねぇー」

上戸幸一はまた名前を出した。

「まさかー」

光の冷ややかな言葉が冷笑を誘った。声に出して笑っている者もいる。

谷田良治は大和氏の息子である。しかし母親は誰なのか身内も知らなかった。赤ん坊の時に連れてきた人があって、大和氏は心当たりがあったのだろう。すぐに息子と認めて、以来、家族として一緒に住んでいたが、成人してからは一族と折り合いが悪かった。結婚と同時に妻の姓を名乗っている。現在、耕地組の子会社、耕地セメントの社員だがほとんど働かないで給料だけは受け取っていると、すこぶる評判が悪い。

「失礼だけど、それなら犬の方がまだましかと……」

田岡も言葉をつないだ。その時、今まで黙っていた黒崎が唐突に言った。

「そうだ、その犬でっせ」

「犬って?」

上戸が訝《いぶか》しげに聞いた。

「ケンさんですよ。ケンさんは国籍も市民権も持っておられる」

「なるほど、選挙法には日本国籍を有する者という規定があるだけで、その他の規定は一切ありません。大和先生のご配慮で現在はかなりの額の所得税まで払っておられます」

田岡は感心したように相槌を打った。光もアメリカに行った時のケンの想像を絶する存在感を思い出した。

「しかし年齢が問題にはなりませんでしょうかねぇ」

その時上戸がおそるおそる聞いた。

「アメリカの研究室で伺ったんだが、ケンは人間の年齢にすると四十歳くらいだと言うことだよ」

「しかし戸籍には生年月日しか記載されておりません」

「届出用紙に年齢を記入する時は人間の年齢に換算しておけばどうでしょうか。受け付けするのもどうせ手の内の者ですから。生年月日と合わなくても、添付する戸籍と合わなくても、どうせ犬ですから、立候補さえ納得させてしまえば、不自然なことがあるのは自明です。わざわざ計算してみるものはおりません」

田岡がこともなげに言ってのけた。

「もし、立候補がけしからんと裁判が起きたら……」

上戸が遠慮がちだがキッパリした調子で重ねて聞いた。

「ちょっと上戸さん考えてみて下さいよ。選管が認めさせて立候補してしまったら、即、選挙戦ですよ。選挙期間はわずか五日。そんな裁判が選挙中に始まりますかね。そんなややこしい話は総て選挙が済んでからになりませんか」

なるほどと上戸は思ったが、まだちょっと納得していなかった。

「それに……どうですか、皆さん、名前が『ケン』ではあまりにも響きがよくないから『健太』にすればどうですかねぇ。なに選挙に芸名をそのまま申請する芸能人と同じで立候補時に申請さえすれば戸籍名と違っていても問題はありません」

さすがは汚れ役に徹してきただけのことはある。異存のあるものなど誰もいなかった。黒崎は頼もしく思った。

「うん、やはり、光さんが年を誤摩化して立候補するより、犬の方がやり易いかもしれない」

黒崎は自分の案がまんざらでもないと思えた。

「それで誰が綱を持つかですな」

黒崎は言った。

「それは田岡さんしかありませんよね」

光も強い調子で同調する。

「退職していただきましょうよ」

田岡は「しまった」と思った。長男に家のローンの援助を約束させられたばかりである。今退職すれば困ったことになる。

「退職金が出るでしょう。しばらくそれで繋いでもらって、健太が無事に村長になったら健太の後見役として、また助役に戻ればいいではありませんか。健太の報酬は村長の報酬の五分の一程度とし、助役の報酬をその分だけ少し積み増しすれば、あなたの被害は全部帳消しになってしまうでしょう」

田岡の腹を見透かすような光の提案である。田岡が反対する理由はない。

「それで議会工作はできますかね上戸さん」

黒崎は上戸に聞いた。

「十五人の議員に一人百万はいるんでないかいねぇ」

「それじゃあ、そうしていただけるなら、退職金が出たら五百万だけは私が出しましょうかねぇ」

田岡がすかさず申し出た。また元の鞘《さや》に戻してくれるなら、自分もそのくらいは出しておかないと掛けた階段を外されたら困る。田岡のとっさの判断は正しかった。

「さすがは田岡さん。あんたがそこまで腹をくっておられるというなら私に任せてもらいまひょうかねぇー」

上戸は頼もしく引き受けた。上戸は背が小さくてぼってりしている。脂ぎった顔が赤くテカテカしていて、いかにも昔の村会議員という風貌だった。お尻を突き出してチョコチョコと小股に歩くのでアヒルというニックネームがあった。裏工作をする議長にはうってつけの風貌をしていたが、どこかお人好しで憎めない人柄である。

残りの一千万円は耕地組と大興組の折半ということで話は決まった。田岡は上戸に口止め料としてあと五十万円は別口で要求されるに違いないとその時思ったのであった。議会にはそんな工作には絶対に乗らない議員が約一名いたが、その百万はどうなるのか、田岡は口まで出かかった言葉を呑み込んだ。ちょうどその時上戸は恐る恐る尋ねた。

「もうひとつだけ心配がありますんですが……」

上戸はさっきから引っ掛かっていることを、ここぞとばかりに聞いたのだ。

「この選挙はただの選挙ではないんやと思います。必ず後で選挙無効の裁判が起きますがねぇ」

「いいじゃないですか。受けて立てば」

光はこともなげに言った。

「正式に法廷にかかれば、いくら何でも勝ち目はないということになりませんですかねぇ……」

「いいじゃないですか。負けても」

恐る恐る言上した上戸は耳を疑った。しかし田岡は光の意図が呑み込めた。選挙無効の判決が確定しても選管が一度出した当選自体が「無かったこと」になる訳ではないのだ。要は当選を確定しさえすれば事実上の村長として、判決が出るまでは仕事をすることができるのだ。

選管も地元の手の内の人間だ。勝ってさえいれば、当選を確定させることは難しくはない。したがって、無効の判決が出るまでの公務は総て有効となる。田岡が代わって説明した。

「しかし……もしも村長の資格停止の仮処分が出たらどうしますかねぇ」

上戸はなおも質問した。上戸としても、他の議員を説得するためにはある程度のことには答えられなければならない。光はやれやれという顔をしながら説明した。

「いいですか、上戸さん。どうせケンは犬ですよ。もともと助役が代行してるんですよ、仮に村長の資格が停止されたら判決が出るまではやはり、助役が代行するだけではありませんか。同じではありませんか。どこが不都合なんですかね」

上戸はなるほどと感心した。

「選挙戦のトラブルは三か月で判決を出すことになってはいますが、実際は法廷に出るまでにかなりの時間がかかります。

したがって判決が確定するまでには一年以上かかるのが普通です。有能な弁護士を付けて出来るだけ引き延ばします。あと一年ほどで私が立候補できる年齢になりますから…会社は弟に任せて私が後の責任を──」

さすがは法学部、光の言うことはいちいち筋が通っていた。上戸はすっかり納得した。

「なるほど、あんたも大したお人ですわなぁー。これで色恋村も安泰というもの……」

上戸は心底安心して、ホッとしたようであった。赤くて丸い顔をテカテカとほころばせている。あとは大手ゼネコン大興組の重役の黒崎を頼んで国会議員を動かし、しばらく静観させるだけで十分だ。

「念のため顧問弁護士に事の成り行きを全部話して確認をとっておきましょう。大興組には有能な弁護士がおりますからね」

黒崎の自信に満ちた言葉は心強かった。大興組は明治十年創業。東京に本社、大阪に本店を持つ、資本金約二千億円・従業員約八千名。各県に支店を置き、広く海外にもその活動の拠点を持つ業界三位のゼネコンである。「報道機関にはどんな手段を使ってでも協力させる」と黒崎が豪語したということである。年の瀬も近い師走の深夜のことであった。

もちろん、犬を村長にする話がそんな簡単に決まるはずはない。そのロジックには納得しても、「勝ち目がない」という理由で反対する根強い声があったのだ。したがってかなりの紆余曲折があったことは想像に難《かた》くないが「立候補の発表は選挙の告示日まではしない」「ポスターや選挙公報には写真を載せない」「犬であることをメディアには公表しない」等々、不利と思われる条件はことごとく排除することを条件にして津田袋健太氏の立候補話が水面下で確定したのであった。

津田袋一族と色恋村

一

人口一万三千の村に開業医が一軒とは不自然な話だが、昔から一軒しかない。それは色恋村の地形によるところが大きい。

色恋村は細かい凹凸のたくさんある大きな湾を抱え、後ろの三方は山に囲まれている。河が入り組んだ山の間を通って大きく曲がって隣町に注いでいるので、色恋村の側は深いリアス式海岸が続いている。

湾の西側と後ろの山はとても深く、東側の山は比較的浅い。昔はその浅い東側の山道を越えて隣町に行くことができた。西側の、深い山の奥から一級河川である色恋川が流れて来て、東側の方へ大きく曲がって隣町へ注いでいる。その隣町の、色恋村と隣接する地区に三軒の医院があるのだ。隣接といっても山を越えた向うではない。色恋村から見て、山の手前だからややこしい。

その医院のある辺りの地区は昔、色恋村の一部だったが、戦後の復興期に大きなトンネルが出来て隣町との行き来が容易になったのが原因で、昭和の町村合併の時に隣の町にくっ付いてしまった。つまり、色恋村はトンネルの入り口を隣町に奪われてしまったのである。それで色恋村には医院が一軒となった。もちろん行政区域が変わっただけで、医院の数が減ったわけではない。その上にトンネルを越えれば隣町には町立の大きな病院もあった。

色恋村にはあと、歯医者が一軒ある。今回この二軒の医師がそれぞれの陣営の後援会長を務めているからおもしろい。昔からこの二軒は仲が悪かった。それには深い因縁があったのだ。

津田袋陣営の後援会長である大山医院は今は歯科医院だが昔は内科の医院であった。

花田陣営の後援会長である内科医、谷本隆の祖母は貧しい漁師の妻だった。ある晩に、激しい腹痛に襲われ大山医院に往診を頼んだが、晩酌の後寝込んでしまっていた先生はなかなか来ない。何度迎えに行っても来てはもらえない。その頃大山医院には「貧乏人は相手にしない」という噂があったが、その噂どおり、貧しい漁師の家だった谷本の祖母はろくろく相手にもされないまま、とうとう手遅れになってしまったのだ。

その頃、旧色恋村、つまりトンネルの内側には（もちろん戦前の話だからその時トンネルはまだできていなかったが）内科医院がもう一軒あった。しかしそこは、その日運悪く、ちょうど先生が所用で村にはいなかった。その夜、祖母は苦しみながら死んでしまったのである。以来、大山医院は谷本家の宿敵となってしまった。

谷本隆は小さい頃から、大山医院の仕打ちを聞きながら育った。そのことと苦学の末に谷本が内科医になったこととはもちろん切っても切れない関係にある。

谷本隆がこの村に帰って来て医院を開いた頃、大山医院はまだ内科の医院だった。谷本は低姿勢で愛想が良く、小型自動車を自分で運転して、当直の看護婦を助手席に乗せ、夜中でも朝でもすぐに往診に出た。村人にすっかり信頼を得て大繁盛、気位の高い大山医院は比べられて患者が減り続け、とうとう立ち行かなくなってしまったのだ。そこで大山医院は若手が医学校に行く時に営業を考えて歯科医になった。それが津田袋の後援会長、大山信二である。

以来、この二人は仲が悪い。隣町と合同の医者の親睦会があるのだが、その会が機能しないほど、お互いに口をきかない。

この村にはこんな話は別に珍しくなかった。親の代ならまだいいが、時には江戸時代からの因縁を引きずって喧嘩し合っている家さえある。そのほとんどが山境や屋敷境を巡る土地争いである。

そんな村に津田袋一族がどうやってここまではびこったのか。そこは金と力を巡る、古くて新しいドラマがあったのである。

二

津田袋大和の父親がいつ、この村にやって来たのか覚えている人は少ない。戦時中という人もあれば戦後という人もある。最初、ある家の軒先を借りて「よろずや」をやっていたから多分敗戦のどさくさの頃やって来たのだろう。「よろずや」と言えば聞こえがいいが担ぎ売りをしていたのだ。商品をどこから持って来ていたのか誰も知らない。旧軍隊の物資の横流しを専門とする業者と深く繋がっていて、何か事情があり、この村に身を潜めていたのだという人もあるが、本当のところは誰にもわからない。

身を潜めているうちに思いついたのか、最初からそれが目的だったのかはわからないが、そのうち大きな船を雇ってきて、川から石や砂を運び、どこかへ持って行くようになった。今のようにまだうるさくない頃なので、石や砂は採り放題、戦後の建設ラッシュ目がけての仕事である。かなり高値で売ってボロ儲けしたに違いない。石や砂を大量に運び出すにはリアス式海岸は都合が良い。船の横までトラックが着く天然の岸壁が幾つもあるのだ。大きな色恋川には今でも翡翠《ひすい》が出る。石や砂は良質で豊富である。良い所に目をつけたものである。この頃から津田袋の存在が誰の目にも見えるようになってきたのである。

息子の大和がだんだん頭角を現してきて耕地組の前身の耕地石産という小さな会社を作ったのもこ

の頃だ。田岡が番頭に雇われたのはそのちょっと後だったかもしれない。

田岡は戦争中にシベリアに抑留されていて、九死に一生を得て、ようやく復員した頃には日本は少し落ち着いていた。帰ってくるなり、田岡は都会に出た。親戚の伝《つて》をたどって色恋村出身の創業者のいる繊維関係の会社に就職し、実力を買われてすぐに総務課長になった。

その頃、戦後の復興期で人手不足が深刻な時代。田岡は集団就職でやって来てくれる職工予備軍の金の卵を探しに色恋村に入り浸っていた。来るたびに親や先生には手土産、事あるごとに学校には寄付とその手腕は見事で、田岡の周りではいつも話題に事欠かなかった。そのうち津田袋大和に見込まれて耕地石産の番頭に収まったのである。高度成長のまっただ中であった。

それから時代が落ち着いて、今度は同じ石でも庭石に目をつけた。折りから庭石のブームがやって来る。耕地石産は当たりに当たった。それから間もなく川砂や石は規制が出来て簡単に採れなくなる。それでも採り続けていたから許可を貰っていたに違いないが、その許認可を巡って、いろいろなスキャンダルが出てくるのがこの時期である。

それ以来、津田袋にまつわる話ではあまり良い話を聞かなくなった。良い噂が無くなるということは実力が出て来たということでもある。耕地石産がいつの間にか耕地組に変わり、気がついたら村一番の土建業に育っていたのである。里町の土地や山林を次々と買い集めているという噂が聞こえてきたのもこのころであった。

現在本社と子会社を合わせて五社を持つ。それに下請け十社を従える。正社員は約百名。主にスタッフだ。現業は日雇いで原則として社員としては抱え込まない。日雇いか下請けか。上手に判断をつけながら人夫たちの海を泳ぎ渡る。農繁期には農業を、海の最盛期には漁をというのがこの村の平均的な労働の形態だった。だからかえって、日雇いが喜ばれることもある。漁の時期、農繁期を上手に計りながら人夫の世話をする。締め上げるだけではない田岡の采配はたいしたものであった。

そのうち大和氏と田岡が一線を退いて村長と助役になっても、二人が敷いたレールは汽車を走らせるには十分で、高度成長が止まっても、バブルが崩壊しても会社はびくともしない。それどころか村長と助役は次々と公共事業の種を見つけてきては国会議員を動かして色恋村に仕事を持ってくる。

彼らの政治力がこの村の経済を文字通り支えていたと言える。下請けは生かさず殺さず、黙ってついてさえ行けば次々と仕事を回してくれるので、耕地組と張り合って元請けを取ろうとリスクを冒す会社など、もうどこにもいない。もちろん随意契約一筋であらゆる公共事業が執行できるはずはない。入札が必要な時には仮に落札する下請けをちゃんと用意することになる。つまり、入札には談合どころかダミーを使うのである。もちろん露骨な犯罪である。

ただひとつ言うとしたら、こうして実際に落札する耕地組の落札価格がかなり安いという事実であった。外部から業者が来て、色恋村の仕事をかっさらって行くことだけは津田袋大和は極端に嫌った。そのためには万が一外部の業者が入札にまぎれ込んだとしても絶対に負けないという価格をいつも出してくる。結果として行政から見ても、耕地組に仕事をさせる方が安く上がる。その姿勢は見事であり、ファンも多かったのである。こうして津田袋大和は耕地王国を作っていったのであった。

三

色恋村は過疎の村である。戦前は今の二倍の人口があり、人で溢れていた。その頃はこの辺り一帯を色恋郡といった。「色恋郡色恋村」は今の里町の辺りである。戦後の町村合併で色恋郡が全部まとまって、現在の色恋村が生まれたのだ。

その時、村の名前を巡って大激論が巻き起こった。「町」にするのか、「市」にするのか。それとも「村」のままでいくのか。その時、どうしても「村」のままがいいと言い張った人たちがあったのだ。その頃は辻に立つ朝市があり、村人の生活物資は全部その朝市でまかなっていた。だから町といっても朝市の日にだけ営業するうどん屋はあるが、常設の店は乾物屋と雑貨屋それに肉屋があるだけで商店街と呼べるほどではない。そこで「林業と農業と漁業があるだけの山と河原のこんな処は村でいい。誇りを持って昔ながらの村を守ることこそ大切だ」と言い出してどうしても譲らない人たちがあったのだ。

ちょうどその頃はトンネルが開通した頃だった。トンネルの辺りは現在里町と呼んでいるところのはずれに位置する。里町は陸路で外へ出る時の玄関口で人口も一番多く、朝市のある辻もこの辺りを中心にして広がっていた。「市」として国から認可を受けるには規定の人口条件が当てはまらなかったが、町になる条件は揃っていたのである。

村と呼ぶことに最後まで反対したのがその辺りの人たちだった。トンネルの後ろには隣町が広がっている。話が拗《こじ》れにこじれて、とうとう、色恋村から離れて隣町とくっついてしまったのだ。その時から色恋村はトンネルの入り口を隣町に奪われてしまったのである。

色恋村にこだわる人たちには村の歴史に対する並々ならぬ思い入れがあった。色恋村には昔から「一向一揆」の残党が開いた村という言い伝えがあったのである。戦国時代、親鸞を宗祖とする一向宗が本願寺の第八代蓮如の時代に織田信長と長い戦いをした。その頃、一向宗が国司を追い出して作った百姓の持ちたる国があった。寺を中心にして門徒が動かす自治の村々があったのだという。

それが破れてだんだん追いつめられて、やがて武士の支配に組み敷かれ、江戸時代へと繋がっていく。その頃に、海岸づたいに逃れて来た残党が河を遡って丘に上がり、ちょうど隠れ里のようなこの村に住み着いて、現在の色恋村ができたのだという。色恋村ではそんな伝説を信じている人は多い。浄土真宗の寺がたくさんあるのはそのせいであるという。

しかし、どの寺にも一向一揆と関わったことを証拠立てるものは何一つ残っていない。証拠立てるものを残して領主と取引をして、堂々と生き延びられた寺は大勢力を誇った政治集団であった。しかし、そこから溢れて逃げ出した人たちは海沿いに渡って、この隠れ里へやって来た。証拠の品を総て処分して蓮如の「信心は内に貯めよ」という掟を守って息を殺し、やがて、浄土真宗の寺を作って、こっそりと復活したのだろう。どの寺にも密かな言い伝えがあったが、正史には何一つ痕跡が残っていない。

その事こそ残党であることの何よりの証拠と考えている人たちは多い。時の権力に楯突いて、堂々と生きるには取引ができるほどの政治力が必要だ。さもなくば証拠を焼き捨て、地に潜る以外、生きる手だてはなかっただろうと信じているのだ。

現在の人口は一万三千。そこに三十か寺もの寺がひしめき合っている。そのほとんどが真宗の寺である。密かな言い伝えが正史となることは絶対にない。しかしそれでも、村の名に一方ならぬ愛着を持った人たちがたくさん居たということは納得できる話である。

そんな村の誇りが何処《どこ》かへ消えたのはいつ頃からであったろうか。村は過疎が進み、人口は二分の一にまで減少した。次の代は跡を継ぐ人が誰もいないという老人世帯が七割を越えた地区もある。

そんなところへこの産業廃棄物の大処分場の話が持ち上がった。しぶとい抵抗を始めたのは若い人たちばかりではなかった。次の世代は廃墟となることが決定しているという、そんな年寄りが思いのほか多かった。身軽だからなのかもしれない。

色恋村クリーンプロジェクト

一

反対運動はゴミの海に沈む予定地の海町から始まった。花田武の情報で海町の信教寺住職は青ざめた。信憑《しんぴょう》性は高い。話を聞くと門徒の家の大半がゴミの海に沈んでしまうという。花田の祖父は漁師で両親はもともと海町に住んでいた。未だに親戚や友人が海町にはたくさんいる。一人呼び、二人呼び、それから毎晩のように情報交換の目的で信教寺に人が集まって来るようになった。

二人が密かに連絡して始めたのに、集まる人は会を重ねるつどに多くなって行ったのである。

信教寺の住職山田信教の父親は親鸞上人を宗祖とする真宗大谷派の教団の中で辣腕《らつわん》を振るった傑僧であった。戦時中に何度も憲兵につけ狙われたという。山田は子供の頃から父を慕って全国から集まってくる人たちに囲まれて育った。山田自身は父親のような存在には遠かったけれども教団の中ではちょっとは名の知れた学者であった。

時々京都の宗門の大学へ出かけて行く以外は色恋村の自坊で静かに暮らしていた。それが気がついたら抜き差しならなくなっていて、内心は少し戸惑っていたのである。

山田の戸惑いをよそに、山田の寺を母体にして運動は広がって行った。なぜならば信教寺はそんな寺として付近の人たちに受け入れられて来たという歴史があったのだ。

山田信教の曾祖父は僧侶の傍ら自由民権運動に関わって色恋村では村史に残る人物だったたし、祖母はその頃の村長の娘だった。山田自身も、親鸞を宗祖とする教団の学者として、当時の仏教の常識を破った「反逆者親鸞」の思想が、後の世にどう影響を与えたのか。それがやがて一向一揆に繋がって行く、そんなドロドロとした「宗教と政治」の駆け引きの経緯を説き明かすのが仕事であったたし、また父はあの戦時中に憲兵につけ狙われながらも、仏教者として果敢に時局に立ち向かって投獄されている。

山田が好むと好まざるとにかかわらず、信教寺は親鸞の信仰を引っさげて、色恋村の政治と深く関わって来たというそんな歴史を持っていたのである。

山田自身も信仰者として、また、学者としての自分が現実の重さにぶつかった時に生身の人間として、どう生きるのか。きつい問いを突きつけられつつ、試されていると感じていた。戸惑いながらも正直に誠実に、自分を明らかにしていく以外には、ないのだと感じていたのである。

その時、色恋村でちょっとした動きがあった。三月の中頃に村議会の定例会が終わったのに、わずか半月後の四月の初めに、わざわざ臨時会を開いて、産業廃棄物の最終処分場建設をめぐる推進決議をするという情報がもたらされたのである。組合出身の村議がその情報源であるらしい。予算獲得の都合で急に「決議」が必要になったという。推進決議さえ挙げておけば関連予算がたっぷりついてくる、そんな局面が出て来たというのである。

信教寺に集まる人たちは誘い合わせて議会を傍聴しようということになった。この機会に議会で自分たちの選んだ議員が一体何をしているのか聞きに行こうということになったのだ。処分場の推進決議だから、さぞ、もめにもめて、いろいろな意見が出るだろう、ぜひ聞いて来ようということになったのである。

しかし、いざ傍聴という時、議場に入ったことのある人など誰もいなかった。三階建ての村役場の最上階の一部に議場があった。中からのエレベーターでは議場の傍聴席に行くことはできない。外付けの細い階段を三階まで上らなければならない。階段を上り詰めて、目の前のドアを開けるといきなり傍聴席に出た。入り口に職員がいて、名前と住所を書かされる。注意書きを細々と書いた用紙を配られ、着席する。漁師のお母さんの中には初めてのことで緊張して目が眩《くら》んだという人まであった。

普段は傍聴人などほとんどいない本会議場はその時、人で溢れていた。しかし、その時まで傍聴席の彼らはまだ自分達の置かれている立場が本当はよくわからなかったのである。

「産業廃棄物の最終処分場建設に賛成の諸君の起立を願います」

議場に議長の声が響き渡った。十五人いる議員のうち、反対したのはただ一人。教職員組合出身の年老いた議員だけ。残りの十四人は全員起立し、ろくろく議論のないまま、賛成の意思を表明したのである。

その瞬間、議場は騒然とした雰囲気に包まれた。その時まで、まだ何人かの議員が反対してくれるだろうと本気で考えていた人たちがあったのである。

「だらーお前ら誰の承諾を得て賛成した」

「そんな計画聞いとらんぞー」

議長の静止の声がかき消されるほどの野次と怒号が飛び交う中、議会は閉会した。目が眩むほど、敷居の高かった議場もなんのその、漁師のお父さんやおっ母さんはあまりのことに権威という柵をあっという間に飛び越えてしまったのである。

自分が一票を投じた議員が躊躇《ちゅうちょ》なく賛成するのを目の当たりにして初めて彼らは事の重大さを知ったのであった。

傍聴が終わってやり場のない気持ちを持て余して、誰が決めた訳でもないのにみんな信教寺に集まって来た。事の深刻さに打ちのめされてしまったのだ。自分の入れた一票がいつの間にか自分の家をゴミの海に沈める一票に変わってしまっていたことが、どうしても許せなかった。

気がついたら、信教寺の大囲炉裏を囲んで幾重にも人が座っていた。山田は自分の寺の囲炉裏にこんなに人が集まったのを見るのは久しぶりであった。火の季節はもう終りに近い。しかし、まだ時折寒い日のあるこの季節、囲炉裏の火が邪魔になるほど暖かくはなかった。燃え残った火が白くなっていた。重苦しい空気で声を出す人もいなかった。

「あの議員どもに説明させにゃあならん」

沈黙を破って絞り出すような声で話し出したのは赤いタオルを鉢巻き代わりにした船団長のお父さんであった。一杯ひっかけて傍聴に行ったのかも知れない。ちょっと酒の匂いがした。たくさんの傍聴人に紛れて咎《とが》められることもなく、潜り込んだに違いない。

「俺らは先祖から預かったこの海を宝としてこの村を守って来たんでないかい。なぁーなんでそれがこんな簡単に終わるがやー、なあー、教えてくれやー先生……」

その時の悲痛な声が山田はいつまでも耳に残った。日焼けした頑丈な体と大きな顔。もう六十は越えているだろうか。深い皺が額に刻まれている。長い沈黙が破れた後は口々に誰に言うともなく話し始めた。

「何の権利があって、俺たちの家をゴミの海に沈めるのか」

「誰の許しを受けて俺たちの海を潰《つぶ》すのか」

口々に言いつのる彼らの言葉はどれももっともで、ずっしりと重かった。もちろん誰も答えられる人などいないのである。

いかに大切な国家プロジェクトであっても、彼らにしたら、この海が、人生の総てである。

「ここで無理やりに進めるていうなら俺らっちゃあ絶対に、あとへは引かん。みんな覚悟はあるか‼」

そう呼びかけたのはもう船から降りた、年老いた漁師だった。穏やかな言葉だったが目の奥が鋭く光っていた。

その場では、とにかく、議員を呼んで説明を求めるのが先決という声が圧倒的で、海町出身の議員に議会報告を求めるということになったのであった。

その晩、尾山光明は気持ちのやり場に困った。尾山は高校の教師をしている。化学部の顧問なのだが、部活の教え子の一人が海町の漁師の子弟であったことから、この計画を知ることになった。以来、信教寺に出入りしているひとりである。しかし、信教寺に集まった人の中で顔見知りの人は約半分、後の半分は漁協を通じて連絡したらしく、今までの集まりに来たことのない漁師さんたちで、初めて見る顔であった。

漁師のお父さん達の迫力にも圧倒されたが、政治というものに初めて直接触れてみて、あまりにもあっけなく民意というものが裏切られて行くその現実に気が滅入って仕方がなかったのだ。

地権者たちも直接説明らしい説明を受けたこともなく、議員からも村からも賛否を問われたこともなく、それでもいとも簡単に議論もしないで、議場で議員が賛成してしまう。なんでそうなるのか。やはり尾山には不可解だった。多分、それは怒りというものではない。不可解で気が滅入るというのが一番当たっている。

尾山は家で夕食を終えてからも、どうしても落ち着かない。そこで、気晴らしに「山の湯」へ行ったのだった。

番台にいた山本の妻とは面識がなかったので黙って隅で服を脱ごうとしていたところへ、いっぱい機嫌の松雄が帰って来た。山本も尾山と同じ思いでどこかで気晴らしをして来たのだろうか。もちろん尾山がいることには気がつかない。妻は松雄を見つけるなり大声で言った。

「おっ‼ 父ちゃん。なんで帰って来た。俺はまた、暴れてブタ箱にでも入ったかと思って差し入れでも作ろうと思っておったに」

不意をつかれて少し怯《ひる》んだが松雄も負けじと言い返す。

「ああ、よっぽど暴れてやろうと思ったんやけど、まだまだこれからじゃぃ‼ 本気出すのはまだ早いわい」

「これは喧嘩やぞ、父ちゃん。喧嘩売られとんのにおとなしゅうしとっても勝てん。いざとなったらブタ箱覚悟でやれい‼」

ちょうど風呂から上がったのだろう、髪を拭いていたのか、ドライヤーの音をさせながら近所のおっ母さんがそこへ加勢した。

「そうや、母ちゃんの言うとおりやぞ、松つぁんー。どんなに暴れても捕まらん。考えてみい、風呂屋の父ちゃんなんぞ捕まえてみろ、警察はいっぺんにこの村から浮いてしまって、誰も警察に協力なんぞせんぞ」

松雄の妻も負けていない。

「そうや俺らを敵に回したら、こそ泥でも、ひき逃げでも絶対に犯人なんか挙がらんようになるだけや……俺らが警察が怖いのでのうて、警察が俺らを怖がらな、いかんのや、わかったか」

尾山は、負けじと言いはやす松雄の妻や近所のおっ母さんの元気に圧倒された。

「いざとなったら俺らにも声かけてくれや」

戸を開ける音に混じってそう言ったのは、今までのやり取りを黙って聞いていたのか初めて聞く声であった。言いながらそのまま出て行ってしまったのだろう。続いて戸を閉める音がする。

聞き耳を立てていた尾山はとても新鮮だった。逮捕されるかも知れないという事態を彼らは恐れていない。むしろ「やれるならやってみろ、そっちがその気ならやってやろうじゃないか」と開き直っている。自分たちの生活を中心に据えて、国家や警察という権威さえも値踏みしてしまうしたたかさ、場合によってはゲリラでも何でも、やってやるぞという腹の据わった感覚はいったい何処から出て来るのだろう。生活者の確かな目が国家の嘘を見抜いてしまうのかも知れない。

尾山は自分たちのような組織労働者では絶対に持ち得ない感覚だと思った。こんな人たちを中心に据えない限り、勝つことはできない。その時尾山は本気でそう思ったのであった。

しかし同時にその時尾山は、同じ村人の中でも、国家のプロジェクトのお先棒を喜んで担いでいるかに見える人たちと、彼らのような人たちとの違いが何処から出てくるのかとても不思議だった。

尾山はこの村で生まれ育った訳ではなかった。両親とも教師だったが、K市で育った。祖父母の死で定年退職した両親と一緒に色恋村に帰って来た。この土地で育っていない尾山はその分かれ目がどうしても分からない。その分かれ目が心底理解できた時にこそ、この土地の人間になれるのかも知れないと尾山はその時思ったのであった。

桜の花の便りが聞こえてくる頃のことだった。

二

それから間もなく推進派議員の「議会報告会」が開かれた。議会報告会とは名ばかりで、反対派住民が推進派議員に説明を求めるために無理矢理開かせた、いわば議員たちを吊るし上げる「吊るし上げの会」だった。海町には三人の議員がいたが出席は二人。信教寺の本堂で車座になって話は始まった。怒れるヘビならぬ村民に見込まれたカエルならぬ議員。最初から村民の方が押している。こんなところで話をする方も大変だ。そのせいか議員のトーンも高く、始めから喧嘩腰である。

「だんだん寂《さび》れるこんな過疎の町に一体何を持って来たら地域が発展するんか。ほんならあんたらっちゃ誰か言えるもんはおるかねー」

挨拶もそこそこに冒頭からその議員は高飛車な調子で話し始めた。

「私らは工場とか専門学校とかもっと色恋村のためになるものを誘致したい。何かを持って来なければこの村はあと二十年で自然消滅します」

もうひとりの若手議員が付け加える。

「年間七十億の一般会計予算のうち自前の金が十億足らずー。残りは全部国からの補助金。そんな自治体が国から頼まれたことに反対できるか皆さんは考えたことがありますかね」

参加者全員を見渡しながら、いかにも自分は知っているぞ！　という調子でその若手議員は話を続けた。議会では政策通で通っているというその議員は山田の寺の門徒であった。山田はその男を小さい時からよく知っている。山田が一票を投じたのも、じつはその男だった。

「産業廃棄物は日本の何処かが引き受けなければならないものです。国から多額な補助金をもらっていながら自分達の暮らしだけしか考えない、そんな利己主義的なことはこれからのグローブな社会には許されないことであります」

グローブはグローバルの間違いだろう。誰かからの、受売りの理屈を覚え間違ったに違いない。参加者の一人、尾山光明は苦笑いした。畳みかける議員たちの言い分は、もちろん自分たちの意見ではない。うしろで糸を引く誰かが教え込んだに違いない。尾山は立って発言した。

「私は教師をしております。毎年百人を越す生徒が土地を離れて行きますが、そのほとんどは帰ってきません。そのうち半分は大学や専門学校に進学しますが、もちろん卒業して帰ってくる子はわずかです。親が苦労して育てて学資を送り、やっと間に合うようになったら都会に出て働いて都会に税金を払う。補助金はその代金じゃないですか。都会では金を掛けないで働き手を手に入れて税金だけ貰っとるんですよ。

国が地方に補助金や交付税で払い戻してバランスを取るのは、当たり前でないですか。なんでそんなに遠慮するのか私にはさっぱり分かりません。

そんなに恩を着せるなら、地方出身者に自分の納税先を決めさせたらどうですか。自分の生まれた古里に直接納税出来る仕組みを作ればいいんです。『一世は強制、二世以上は任意』それくらいやらなきゃだめですよ」

尾山は毎年毎年、卒業生を都会に送り出す。たいして豊かでもない家庭が無理をして子供を大学へやって、子供はそのまま都会から帰って来ない。村には跡継ぎのいない家庭がほとんどだ。そんな有様が無念でならなかった。

「そうや、あんたらっちゃ議員やろうが。金をもらって国の言いなりになるなら村議会などいらん。止めてしまえ」

尾山の話で元気づいた漁師のお父さんが言いつのった。先日の信教寺の囲炉裏端で初めて顔を見た人たちである。

「産業廃棄物というけど、それらはみんな都会で出たゴミやろう。なんでわしらが仕事まで捨ててその後始末をしなけりゃあならんかがどうしてもわからん。代わりに金をもらってそれで済むというもんでもないやろう」

矢継ぎ早にまくし立てる。反対派も負けてはいない。

「あんたらは俺らの一票で議員になっとることを分かっとるよなぁ。ほんならなんで俺らの意見も聞かずにいきなり議会で推進決議をするのか。それが俺らにはどうしても分からん」

船団長をしているあの漁師である。今日も赤い鉢巻きをしている。

年配の方の議員が立ち上がった。

「ちょっと待ってください。推進決議をしましたが、これはお金のためです。決議をすると、これから公共事業をする時に幾つもの恩典があるのです。国からいろいろな名目でお金が来るんです」

「なにーっ、おまえら、金のために俺らを売ったんか。ふざけんな」

その野次を合図にしたように、会場全体がうなり声を挙げたようにどよめいた。どの顔も引きつったように真剣である。


「ちょっと待って下さい。推進決議をしたからと言って必ずゴミの処分場ができるとは限りません。国から補助金をもらえる仕組みを作ってから、ゆっくり、本当に色恋村のためになるものか、ならないものか、勉強しつつ議論をすればよい。議論はこれからであります」

弁護士の北島祐介はおもむろに立って、静かだが、きっぱりとした調子で聞いた。

「ゆっくり議論した結果、だめだということがはっきりしたら、この計画は白紙撤回できますか」

「…………」

今まで熱弁を振るっていた年配の議員が一瞬ひるんだ。

「業者や国がそれまでにつぎ込んだお金はどうなりますか。あの人たちはそのお金をどぶに捨てたまま撤退しますか。そこの所をあなたがここではっきりさせてください」

「……私の立場では……」

「あなたは今、色恋村のためになるのかならないのか議論したいとおっしゃった。議論するというのは良ければやるけど、だめなら止めるということでしょう。もしもだめなら止めるということがはっきり言えないのなら、何のために議論するのか」

「……だから時間をかけてゆっくりと説明して、村民の皆様にご理解いただくまで何度でも話し合おうと」

「だらか!!　お前ら!!」

会場から嘲笑のような笑い声が広がり野次が飛んだ。

「ついでに脅しを掛けるんやろう」

野次に軽く相槌を打ちながら北島は続けた。

「そんな話し合いはあり得ません。それは説得です。議論ではありません。どんなに丁寧に話し合おうと、結果次第では撤退するというもう一方の結論が無い限り、ただの説得で、けっして議論や話し合いではありません。もっといえば丁寧に説得するか乱暴に説得するかの違いだけで、押しつけである事実はなんら変わらないのです。皆さん、そうは思いませんか」

「そうだ」「そうだ」

中には鉢巻きがわりの手ぬぐいを外して振り回す漁師のお父さんもいる。会場は騒然とした。

「場合によっては止めるということをここで言えないなら、こんな話は無意味だと私は思います」

会場からは割れんばかりの拍手が起った。信教寺の住職、山田信教はこんな人たちを見るのは初めてだった。普段はおとなしい人たちがいざとなったら見せる激しい顔。この気持ちを萎えさせないためにはどうすればいいのか。「これからが大変だぞ」と、思わず気を引き締めたのであった。この日がひとつの節目であったと山田は思う。

拍手の音にかき消されるようにして後ろから争うような声がしたのはちょうどその時だった。それと同時に男が駆け出したのだろうか、追いかけるような声が聞こえた。

ザワザワとした雰囲気が前にも伝わってくる。しかし、何が起こったのかはわからない。

「スパイやとー」

「何、スパイ⁉」

後ろの方で誰かの声がする。

「大興組のやつらが混じっておったといや」

「なんもや警察や」

「いんじゃ両方や」

聴衆の中に警察官と大興組の人間が入っていたらしい。幾重にもなった輪の後ろに見知らぬ誰かが居たのかも知れない。咎められて、逃げ出したのだろうかー。

だんだんと事情が見えてくると少し様子が違った。熱い議論が繰り広げられていた頃、大興組の社員が本堂の入り口近くの階段の上で中を窺っているのを見咎めた人がいた。そこで口論になつた、そんな頃、ちょっと離れた一角で、境内に止めた車のナンバーを控えている男に気がついた人がいたのだ。

何をしているのかとじっと見ていたら、その視線に気がついたのか、また、入り口の口論で外に注がれる目を恐れたのか、男は突然逃げ出したのだ。

それがどうも私服のおまわりさんらしいということになった。喧嘩する人追っかける人、たちまち外は大騒ぎになったのである。

その騒ぎを収めたのが、花田武だった。花田武は大興組の色恋出張所の社員である。大興組は耕地組の親会社である。花田のように地元採用の社員は顔が割れているが、大阪本店から来た社員は地元では顔が知られていない。花田は今日は入り口の方に座っていた。

「みなさん、騒がんでください。確かにあの覗《のぞ》いていた男は間違いなく大興組の社員です」

「大興組が何しに来た」

「スパイでもしに来たか」

花田の言葉にかぶさるように、口々に野次が飛ぶ。花田は負けじと大声を張り上げた。

「ここは公開の議会報告会です。入ってくる人をスパイ呼ばわりしないでください。一緒に聞いてもらえばいいじゃないですか。俺らは人に聞かれて悪いことなど何もしておらん。聞いた通りを会社に報告してもらえばいい。

それよりも、おまわりさんが車のナンバーを控えることの方が問題やと思いますよ。ここは議会報告会です。北島先生どうですか。我々は車のナンバーを警察にチェックされるいわれはありません」

「おっしゃるとおりです。咎められる気配で逃げ出すなどもってのほか、集会・結社の自由は憲法で護られています。議会報告会の参加者を警察がチェックするなど正気の沙汰ではありません」

いつもは冷静な北島が気色ばんでいる様子から、よほど重大なことに違いないと漁師のお父さんやお母さんは思った。

「あんたら、こんなに騒いどるがに、なんか意見がありませんかね。あんたらの議会報告会ではありませんか。警察に参加者の車のナンバーをチェックされて、このまま黙って帰るんですかね。本当は怒らんならんのはあんたらっちゃ、お二人ではありませんか」

漁師のお母さんの一言で、矛先は議員先生に移った。発言したのは宮前文子という漁協の婦人部長だった。彼女は今回初めて、この報告会に参加したのである。

「どうなんですか」

「ええー、そりゃぁー。ところで……」

「こらぁー、聞こえんがい！　はっきり言え!!」

先ほどまでの威勢はどこへやら、年配の議員の消え入るような声が野次で消えてしまいそうになった。

「警察官というのは本当でしょうか」

声を振るわせながら意を決したように聞いたのは若手の議員だった。

「間違いない。俺はあの男と同級生や！　逃げて行く後ろ姿を俺は絶対見まちがわん」

後ろから、人をこぎ分けて真ん中に出て来た人がいる。証言したのは山本松雄だった。先ほど追っかけて行ったのもこの男だったらしい。この村に三軒ある風呂屋の一軒「山の湯」の主人だ。

「俺はちっちゃい時から裸の付き合いや」

会場が笑い声でどよめいた。

「逃げ足が早いのも昔のまんまや。逃げられたら俺はあいつには絶対勝てん。諦《あきら》めて戻って来たわぁー。なぁ先生よ、ここまで言わせても、あんた、まだ俺を疑うんか」

山本に詰め寄られて若手議員は青ざめた。

「いやー、まさか警察がと思って……」

「そのまさかなんですよ」

弁護士の北島はきっぱりとした調子でだめを押した。

「あなた方の議会報告会で起こったことですから、お二人は議員の名誉に賭けて議会でこれを問題にしてください」

二人の議員が議会で取り上げることをしぶしぶ約束させられて、散会したのはそれから間もなくであった。

散会してからも、信教寺の本堂でちょっとしたトラブルがあった。そこに居合わせたK新聞の記者に嫌みを言った人があったのだ。「今日起こったことを本当にちゃんと書けるのか」と詰め寄ったのだ。それから延々と嫌みを言い続ける人たちに取り囲まれて、その記者は小さくなりながら頭を下げ続けている。確かにその様子は気の毒でもあった。が……。

しかし、とうとう最後までその記者からは「書きます」という言葉を聞くことはなかったのである。

三

信教寺の住職、山田信教のところへ刑事がやってきたのはそれから一週間くらいしてからだった。

「なんか、あんたらの気に障ることでもしましたかね」

初対面で、山田はいきなり挑発した。先日の議会報告の件で刑事が来たと直感したからである。

「いや……本当はいろいろと誤解が……」

「何が誤解ですか。やったことは事実だから誤解などしようがない」

「……………」

二人は庭の見える入り口の座敷で座っていた。檀家の人やちょっとした客を通すこの寺の勝手の座敷なのだろう。桜も散り、信教寺の庭には早咲きの「さつき」がつぼみをつけていたが、まだ花のないのが少し寂しかった。燃えるような緑にもまだ早い。この季節、北国の春はまだ少し寒い。

小さい孫でもいるのだろうか、庭の隅には保育園のマークの入った鉢植のチューリップが咲いていた。その原色がちょっと場違いだけど、妙に庭に溶け込んでいた。

「私たちは村民の皆さんが廃棄物処理場に反対されることをどうこう、しようとは思いません。いくらでも目をつぶって黙認します」

山田は「黙認」という言葉に引っかかった。

「べつにあんた方に許可をもらわんと反対運動ができないということはない。警察に目をつぶってもらうようなことを私らは、いつしたか教えてもらいましょうかねぇ」

住職はちょっと言葉を荒げた。畳みかけられて、刑事は言葉に詰まった。彼はこの村の人間ではない。この村から出たことのない「おまわりさん」よりは引き起こした事態がよく分かっていた。

「そんな意味で言ったんではありません。誤解を受けるようなことは慎まないといけないことはよくわかっています。

じつは、問題は村民の方々ではなくて、反対運動の中に過激派が潜り込むのが怖いだけなのです」

「車のナンバーチェックはそのためですか」

「…………」

「で、過激派はいたのかね!!」

刑事はそれらには答えない。はっきりと言葉でナンバーチェックをしたという事態を認めると面倒なことになるのだろう。

「皆さんがターゲットではないことだけはお伝えしておきたいと思い、今日は伺ったんです」

山田はその時、警察と付かず離れずのパイプを持っているのも悪いことではないと、とっさに思った。

机の上の名刺に目を落とすと刑事課と書いてある。自分の子どもほどの年齢のこの刑事、署では学卒のエリートなのだろう。

「ここだけの話ですが……」

刑事は急に声を潜めた。

「うちの署の巡査の中にも、この村の者もおりますが、処分場に内心反対しているものも居るんです」

さもありなんと山田は思った。居て当たり前である。普通に考えれば、反対する人が居てもなんら不思議ではない。

「私たちはあなた方の味方ですから……」

小声でつぶやいて、刑事はそそくさと帰って行った。剛柔使い分けるなかなかしたたかな男かも知れない。山田はこの男の役回りを考えながら玄関まで刑事を送ったのであった。

山田が高校教師、尾山光明のことを聞いたのはその日の晩のことであった。保育士をしている尾山の妻が飛ばされたらしいというのである。尾山の高校の用務員をしている檀家の男が学校から聞いてきた話として寺で話したのを家人が山田に告げたのである。

尾山の妻は運転免許をもっていなかった。尾山の高校からは反対側にある保育園まで尾山が毎日妻を送り迎えをするのはたいへんな負担である。先日の議会報告会の尾山の発言を山田は思い出していた。定期異動が終わって、まだいくらもたっていないというこの時期に突然移動を命じられたというのも不自然な話である。

あの、二人の議員だろうか？　それとも耕地組の社員だろうか？　それとも外に誰かが……。

山田はふと考えた。「ひょっとしたらあの男があの場にいたのかも知れない」心当たりがあったのである。しかし、間もなくその考えを振り払った。こんな風にして小さな村の素朴な村人が敵と味方に分かれて行くのが辛かったのだ。

後日、尾山光明と話す機会があったので、山田はことの真相を聞いてみた。定期移動が終わってすぐに、検査入院していた保母の一人が重篤な病気であることが分かって何人かが玉突き異動を余儀なくされた結果であるという。

「なーに、こんなご時世に、あの年齢で運転免許も取らずに仕事を続けようと思うほうが悪いんです。いくら勧めても嫌がったのはあいつだから、こんなことがいつかは起こると思ってましたよ」

尾山の言葉には嘘も強がりもなかったが、しかし山田は先日の一件と無関係だと思うほどお人好しにはどうしてもなれなかったのである。

闇からの手紙

一

「今度の村長選挙に犬が出るらしい」

そんな噂を聞いたのは年の瀬が近づいた頃であった。しかし誰も本気にする者はなかった。耕地組の津田袋誠社長が亡くなり、大和村長が倒れて、田岡助役と大和の孫の光が村政を動かしていたがその頃の推進派は確かに動きが鈍かった。表立った動きは何もなかったので津田袋一族の相次ぐ不幸のせいで計画自体がなくなったのではないかという人さえあった。そこにそんな噂が聞こえたものだから「いよいよ推進派も沈没した」というのがもっぱらだった。

しかし国家のプロジェクトがそんな簡単に消えてなくなるものではない。山田は不安だった。海町信教寺に集まる同志はその時で常時約三十人。信教寺の住職山田信教を筆頭に耕地組の親会社、大興組の色恋出張所の社員の花田武。弁護士の北島祐介。高校教師の尾山光明。それに耕地組の下請けの社員、塚原公雄、山町欽念寺の住職浜本祢覚、里町西福寺住職杉本慶裕。風呂屋の主人山本松雄。あとは数人の漁業関係者、それらが主なメンバーであった。

その晩、海町信教寺の住職山田信教の寺で忘年会が開かれた。忘年会といっても特別何かする訳ではない。車座になって、酒と料理をつつくだけ。そのうち、輪が崩れていくつもの固まりがあちこちに出来てくる。こんな問題がなければ一緒に酒など飲むことはなかった人たちである。

花田はここ一週間ほど、大興組のお抱え弁護士が頻繁に会社に出入りしていることが不審だった。計画のほうは主だった動きが何もないのに、弁護士が大興組の色恋出張所に出入りする。その不審を口にしようとした時にいきなり、隣に座っていた山本松雄が切り出した。

「犬ころを村長にするなんぞ誰かの冗談やろうと思うとったら、かなり本気みたいぞ。大和の後は犬ころやー」

その日の昼下がり、山本松雄は祖父の代から付き合いのある、ある爺さんの訪問を受けた。

「おー、松はおるか。ちょっと‼」

目配せしながら顎をしゃくって見せたので、山本は外で風呂の薪を整理していた手を止めて掃除中の風呂の脱衣場にその爺さんを連れて行った。妻を追い出してそこで話を聞くことにした。営業前の風呂屋。ここならば誰も来ない。

「なーびっくりするな、こんどの村長は犬やぞ……」

「まさか……やっぱりあの噂は本当か……」

山本松雄は絶句した。その男は松雄の祖父に可愛がられていた子分のような男で、博労をしていた祖父の「烏帽子子《えぼしご》」になっていた。

他人同志が親子の杯を交わして、以来、親子として子はその親の家に出入りするし、親はその子の後見人になる。その関係は一生続いて、一族の一員として死ぬまでお互いに礼を尽くす。そんな関係を「烏帽子子」と言って、この地方ではべつに珍しいことではない。そんな訳で祖父が晩年、松雄の父と一緒に風呂屋を始めてからも、その爺さんは父の兄貴分として山本の家に出入りしていて、家族のような付き合いだった。その上、長い間独身で松雄の父が結婚してからも山本家に困ったことがあれば必ず顔を出す、山本の家にとってはいまだに頼もしい親戚であった。

「勝治が役場で聞いて来たから間違いはないわい……なに…心配するな、一緒に聞いた課長が何人もおったらしい。こんな話はあっと言う間に広がるわい」

「それにしても犬とはなぁ……あのケンか」

「そうや…」

勝治というのはその爺さんの子どもで、結婚年齢をかなり過ぎてから結婚して、遅おそに生まれた爺さんの一人っ子だった。松雄にも兄弟がなかったので弟のように付き合ってきた。

「なぁ……松、なんとかしてくれや……いくら何でも俺は許されん。勝治も我慢ならんと言うとった。

あいつは動く訳にはいかんでないかい。山本の兄貴に知らせて、なんとかしてくれというのが勝治の伝言や」

言いながら爺さんは目をしばたいた。

「爺、酒飲んどるんか」

「おおー」

松雄はこの男が好きだった。一日中酒を飲んでいるが正気は失ったことがない。

風邪を引いたのだろうか。水洟《みずっぱな》を袖口で拭きながら話す、くしゃくしゃの爺さんの顔。腰の曲がり方も心なしか、ひどくなったように思う。小さい男が増々小さくなってしまった。

「爺も歳とったなぁ」

「ヘン・シャラクセィ」

「なぁ…久しぶりやなぁ…飲むか」

松雄は手で杯をあおる仕草をしてみせた。

「そやなぁ…なら、ちょっとだけ……」

「おーい、一升瓶持ってこーい」

「俺の名前はおーい、一升瓶か！　だらめ‼」

悪態つきながら間髪入れずに妻が出て来た。手には一升瓶と夕べの晩飯の残りの、魚の煮付けの入った鍋を持っている。ちょうど持って来るところだったのだろう。

「ここに置いとくから勝手にやってくれ！　箸と小皿も持って来て置いとくからなぁ」

「わかったぞぉ」

コップは店にある。酒を注ぎながら松雄は言った。

「爺、お前もちょっこりモタついたなぁ、長いことないんでないかいや」

「ふん、笑わせんな、まだまだじゃい!!　俺もまだまだくたばらんが、松も頑張れぃ。インコロだけはだめやぞぉ、わかったか」

小さい目の奥が丸くなってしまった爺さんの顔。こんな爺さんの気持ちに賭けても、犬の村長だけは阻止しなければと松雄は思ったのであった。


風呂屋の松つぁんの情報はいつも早い。松つぁんの大声にみんなの視線が集まった。

「役場の職員の父親がちょっとした知り合いで、こっそり俺に耳打ちしていったんよ。あの息子なら企画課でも実力者やから、あながち嘘とは言えんと思う」

「そんな情報を漏らして大丈夫ですかね、その人」

心配したのはその隣に座っている山町の欽念寺の住職、浜本称覚だった。

「あー心配いらんいらん。あの爺ちゃんは筋金入りや。俺の孫じいさんとは博労仲間。先祖代々からのうま《馬》い付き合いや」

相変わらずの山本の軽口に、緊張した場の雰囲気がたちまち和んだ。浜本は軽口には付き合わず、その企画課の職員が「次の村長候補」などというトップシークレットの情報を漏らしたことがもしバレた時は退職させせられるはめになるという懸念を重ねて表明した。

「浜本さん。考えてみてくださいよ。そんな立場にこだわっとったら、運動は広がらん。俺らは悪いことをしとるわけではない」

ちょっと離れた所にいた塚原がしゃべりながらとっくりを片手に移動してきた。そういう塚原も耕地組の下請けに勤めている。

「法律の隙間をついて、犬ころを村長にしようなんぞ考えるだけでも村民をダラにした話ではないかいね。これで村民が立ち上がらんかったら色恋村も終わりやぞ。もし本当なら、こんな分かりやすい話こそチャンスとばかりに味方を作らねばならん。遠慮なぞしとられん。そんなもん、今はやりの自己責任というやつじゃないかね」

「…………」

浜本はなるほどと思った。しかし、相槌は打てなかった。この村では干されたら生きては行けない。塚原のように村を出て何処へ行ってもやって行けるような強い人ばかりではないのだ。

「気持ちはわかるが軽卒な動きだけは慎まねばならない。次々と犠牲者が出て、運動が潰れてしまうということもありますから……」

塚原はこの若い坊さんがあまり好きではなかった。

「軽卒とはどういうことかね。当たり前のことを当たり前に言うことが軽卒だなんて言うとったら、あいつらの思う壺でしょうが」

塚原はちょっと声を荒げた。

「こんな運動は弱い人の立場に立って進めないと潰れてしまいますよ」

浜本も譲らない。よほど思うところがあるのだろう。

「誰が弱くて、誰が強いのか。そんなこと、誰が決めるのか。あんたか、俺か。よけいなお世話やと思わんか」

塚原も負けてはいない。

「あいつらは犬を立候補させようとしとるということをワァワァ言うて勢いをつけて行かないと、絶対勝てん」

その一角がだんだん盛り上がってくる。

その時、山本松雄が語り始めた。

「あんたらっちゃ俺の話も聞いてくれ。俺がなんで反対派になったか……なぁー」

そうだ。いつの間にか顔を出すようになって、独特のキャラクターで場を丸めてしまうこの男が、いつから、どんな理由で仲間に加わるようになったのか誰も知らなかった。

「色恋村に帰って来て一年ほどした時のことやった。俺の所に一枚のはがきが来た。差出人は津田袋大和の後援会。

『貴方を山町地区委員に任命する』

と書いてある。俺は何かの間違いではないかと思い、その後援会に電話した。ただの一回も頼まれた覚えがないんやぜー、その時電話口に出た『お姐《ねえ》ちゃん』の返事がおかしい。東京言葉でこうぬかしやがる。

『おめでとうございます。あなたの日頃の活躍が認められた証拠です。これを励みに色恋村の発展にご尽力ください』

なぁ、おかしくはないか……。なんで俺が津田袋に認めてもらって有り難がらにゃあならん。ろくに学問もない俺のような者でも、人に物を頼むのにこんな失礼なもの言いはないやろう。政治に対する考えをまず述べて、それから一歩下がって、改めて協力を求めるのが筋ではないかい」

「それでどうされましたか」

と浜本。

「アッタリメェよ。次の日その葉書を持って耕地組に行って突っ返して断って来たよ」

「松っつぁん！　あんたは偉い‼」

すかさず声をかけたのは塚原だった。

「俺はべつにどうこう言うだけの学問はないが、何であんな者をここまでのさばらすんや。どこの馬の骨かわからん渡り者の倅《せがれ》やろうが」

浜本は山本や塚原のエネルギーが眩《まぶ》しかった。しかし、この村から出たことのない村人が感じている複雑な感情をとうてい彼らに理解してもらうことはできないという距離感を改めて噛み締めたのであった。

浜本は学生運動で逮捕された経歴を持つ。拘留五日。身元引き受け人になったのが色恋村出身の東京在住の警視庁の元幹部。浜本の寺の門徒総代の弟だった。当時住職をしていた浜本の父が総代を通して極秘で頼み込み、逮捕自体を「無かったこと」にしてしまうことと引き換えに二度とやらないという約束をさせられ、誓約書まで書かされて、ようやく寺の後継者として父に認めてもらうことができたのである。色恋村でその事実を知っている人は今では家族以外にはいないと浜本は思っている。父はなぜ自分を後継者にするのに誓約書まで書かせたのか、浜本にその理由が理解できたのはそれから何年も経ってからであった。

寺に帰って来て、まだ江戸時代のような門徒衆と付き合いをするうちに、浜本はこの村から出たことのない人たちの精神風土を嫌というほど知らされた。

寺で寄り合いがある時の座席ひとつとっても、誰も何も言わないのに座る場所が家柄によって一人ひとり決まっていて、遅れてくる人があってもその場所は序列どおり、ちゃんと空いている。

その序列は何処で決まるのか浜本は考えたことがあった。それはどうもその家が持つ田畑から穫れる作物の石高や先祖から受け継いだ持ち山の面積で決まっているようだった。そんな石高や持ち山の面積など現在の貨幣経済には、ほとんど意味を持たない。どうも江戸時代の基準がそのまま化石のように生きているらしい。

興味深いことに、その序列は、現在のその家の羽振りとは直接関係がない。現在の羽振りが序列に直接影響を与えるにはそのままの勢力を保ったまま、せめて二代ぐらいは代替わりするまで待たなければならないのだ。

その序列は、そのまま村の中での発言力を直接左右しているばかりか、保守政治を守る「装置」として機能していたのだった。なんとも面倒な社会だが、しかし、その序列に従って村の中で体を動かしてさえいれば、少々の問題が起こっても、村の人たちから、それなりの有形無形の助けを受けることができる。その序列の中の、頂点に寺の住職である父が君臨していた。

寺請け制度を作り、一向一揆という火種を上手になだめて、うまく取り込みながら、統治に利用して来た江戸時代の政策が現在まで生きているのである。それにつれて宗祖親鸞の教えは矮小化されて、封建時代を生き抜く知恵と化してしまった。

そんな村の中で「逮捕歴がある過激派の活動家」そんな経歴がもし表沙汰になったらどんな面倒が起こるか、浜本は父が恐れたものを理解できたと思った。浜本も、今となってみれば、やはり確かに「どんな面倒が起こるか」と考えたらそれだけでうっとおしく、暴露されることが怖かったのだ。

体制に弓引くことの恐怖感と仲間になりきることの捨てがたい安定と反発。そんな中で声を潜めて生活する人たちが大多数の過疎の村。そんな過疎の村の底なしの暗闇を山町欽念寺の住職浜本称覚は口にはすまいとその時思ったのであった。

その日の夜更け、信教寺の台所の囲炉裏端に浜本称覚と北島祐介がいた。外は吹雪、囲炉裏の火が顔に映《う》てて顔だけが熱かった。その時彼らには心配があった。宮前文子の消息である。議会報告会で発言した直後から宮前の家に無言電話がかかるようになったのである。

「今日も来ていませんでしたね」

「今日は来ると言っていたんですがね」

浜本の誰に言うともない問いに答えたのは山田だった。

宮前文子は漁師の妻、漁業協同組合の婦人部長を務める。漁協の婦人部は津田袋大和の姪、浜口千鶴が長年動かしていたが、夫が漁協の組合長に就任したのを期に宮前文子に部長の座を譲り、自分は平役員に退いた。その時から宮前は婦人部長としてこの問題に関わって来たが、公の場での発言は春の議会報告会が初めてであった。

それから彼女の家に無言電話がかかるようになったのである。

「無言電話の後遺症がまだ残っているのでしょうかねぇ」

浜本は言った。その問いには答えず山田が弁護士の北島祐介に聞いた。

「警察に言ってもどうにもなりませんかね」

山田は議会報告会の後に訪ねて来た警察官を思い出したのだ。相談してもいいという考えが頭の片隅をよぎった。しかし北島の答えは素っ気なかった。

「これはなかなか難しいでしょう。相手は効果を意識してやっているわけですから。どうせプロの仕事です。各地に例がありますが公衆電話を使うのが常識です。もちろんこの村の電話を使っていることなどあり得ませんよ。警察が職権で宮前さんの電話の通信記録を手に入れたところで、そこから相手を特定することなど到底できません」

沈黙が続いた。浜本が落ち着きなく炭を突つく音だけが聞こえる、そんなやりきれない時間が流れていた、ちょうどそんな時だった。部屋の外に女の声が聞こえた。信教寺の住人の声ではない。一同が聞き耳を立てた、その時、板戸が開いて、話題の主、宮前文子がそっと部屋に入って来たのである。

「せっかくの忘年会に来られなくて、すみませんでした。ちょっと親戚ともめ事があったものですから……」

外はかなり寒いのだろう。衣服に付いた冷気で部屋が一瞬寒くなったような気がした。

「もめ事って」

「…………」

浜本は尋ねたことを後悔した。反対・賛成と村が二つに割れているのだからそのことを巡って喧嘩するなど、どこにでも起きている。まして、今、選挙が取沙汰されているのだから、ちょっとした言い合いからもめ事になることはあり得る話である。聞くまでもないことだった。

「じつはそのことで来たのですがねぇ……」

宮前は沈んだ調子で話し出した。

「嫌がらせの手紙なんですよ」

嫌がらせの無言電話の後は手紙?……。

一同は宮前の言葉に一瞬緊張した。宮前文子は手にした袋の中から取り出した手紙の束を畳の上に広げた。十通もあっただろうか。

「いつから来始めたんですか」

北島が聞いた。

「いえ、昨日と今日の二日です。家にはまだこの二倍もあります」

いっぺんに十通以上も来たのだろうか。宮前が端から拾って配り始めた。

「これ、どんな意味があるんでしょうねぇ、北島さん」

浜本は聞いた。

「…………」

北島はそれには答えず封筒をひっくり返しては熱心に眺めている。一部封が切ってあるが、広告の切れ端、どこかの学校の父母会の案内、ガスのメーター案内など、意味不明のものが大半だった。まだ開封していない物もある。

「家にあるものは中を見ましたか」

と北島。

「ええ、全部見ました。これらと同じです」

「すいません。全部、一度中を見せてもらえませんか。全部見てみないと……」

当然のことである。残りの封を全部切ってみることになった。

近くにあったハサミで残りの開封を始めた山田の手元を見詰めていた浜本はその時、思わず声をあげた。

「なんや、これは‼」

その一通の中からでてきたのはおびただしい数の虫の死骸だった。潰して乾燥させれば体積がほとんど無くなってしまう蚊のような小さな虫が何百となく出てきたのである。さすがにあまり気持ちのいい物ではない。浜本は聞いた。

「北島先生、これでも取り調べしてもらえないのでしょうかねぇ」

北島は無言だった。そしてそれらの封筒の中から一通の手紙を見つけ出した。

「反対運動の皆さまへ」

から始まる長い手紙だった。長いがほとんど意味がない。黙って読み進みながら北島はつぶやいた。

「これは法律を知り尽くした本当にプロの仕事ですねぇ」

山田は見えない敵が、すぐそこまでやって来て、じっとこちらの動きを観察しているような不気味さを感じた。

「これらをよく見て下さい。まず、この中で、虫の死骸の入った封筒と手紙の入った封筒だけは、それぞれ差し出した場所と時間と表書きの筆跡は全く違います。ところがそのほかの他愛もないこれらの封筒は全部同じ筆跡で同じ時間に同じ所から出されています」

白い二重封筒には名古屋の近郊の都市の名前が消印に刻まれている。特徴のあるきれいな、女性の手で、確かに同じ筆跡である。かなりの達筆だ。表書きを職業にしている人かもしれない。それがどうかしたのだろうか。

「なるほど……で、それがどんな意味があるんですかね。私どもではわかりません」

山田が尋ねた。浜本も宮前もその意味するところがよく呑み込めなかった。

「この大量に出した封筒はこれだけでは捜査出来るものではありません」

確かに。広告のキレッパシを何通送りつけてもそれだけで警察沙汰になることは考えにくい。

「しかし、この虫の死骸や嫌がらせの手紙ならば場合によったら警察も関心を示すかも知れない。それがこの数の封筒と一連のものだったらもちろん放置することはできません。それが一通だけしかない。しかも内容も他愛ない。だから、しばらく様子を見ようかということになる。出所と筆跡が違うというのは重要なんです。

それにカミソリが入っていたり、手紙も危害を加えるような内容の脅迫状だったりすればこんなご時世ですから即事件ですが、それもこの程度で止まっている。これは計算され尽くした戦略のひとつなのです」

「それでどんな効果があるんでしょう」

聞くまでもないことかもしれないが、法律の専門家の意見が聞きたくて山田は一応聞いてみた。

「デビューに対するはなむけのプレゼントです」

「ええっ……それは……どういう意味でしょうか……」

予期しない答えに山田は思わず聞き返した。

「この運動が話題になるのはこれからです。こんな嫌がらせが普通に生活して来た人に始まったら大概は怖がって怯む人が出てきます。それが狙いなのです。これから、初めて顔を出す人や初めて発言する人が狙われます」

なるほどと山田は思った。宮前文子の状態は十分に効果が現れた結果なのである。

「この手紙のことを知って父ちゃんの弟が夕方やってきたんです。無言電話の時からごちゃごちゃ言うとった人ですが、今後運動に関わるのはまかりならんと怒られました」

宮前の夫は漁師だが、弟は村役場の職員である。あり得ることである。

「お父さんのご意見は？」

浜本は恐る恐る聞いた。

「うちの父ちゃんは筋金入りの漁師です。出て行ったおっ様（弟）なんぞに漁師の仕事に口出しさせてたまるかと大変な剣幕です。

俺らの海が潰れたら、弟一家が俺らの家の者の面倒を見てくれるがか。文句あったら婆様と爺様を引き取って自分の家へ連れて行けと怒鳴り回して追い出しました」

「それは頼もしい」

山田は思わず言った。宮前の家は山田が住職をする信教寺の門徒で代々熱心な信者だった。あの男ならそれくらいの啖呵《たんか》は切るだろうと山田は頼もしく思った。

「私らはそれでいいんですが、自慢の息子が役場で肩身が狭かろうと心配する親の手前があって……」

山田はなるほどと思った。確かに深刻な問題である。それで今晩は忘年会どころではなかったのだろう。

「…………」

重苦しい空気が流れた。浜本がつっ突く囲炉裏の炭の音が寒かった。

その気づまりな気配を破ったのは弁護士の北島祐介だった。

「この程度の嫌がらせはまだ実害がない訳ですから、気にしない。実害が出て来たら警察に調査を依頼する。それしかありません。

巻き込まれた村役場の弟さんも気の毒ですけど、そのうちもっとたいへんなことが起きるかも知れない。あなた方はその時に受けて立つ覚悟があるのか、年老いたお母さんの気持ちをどこまでケアーできるのか。ご主人と、しっかりと気持ちを確かめ合っておいてください。これからいろんな処でこんな問題が起きることでしょう」

北島の凛とした言葉がかえって救いになった。少なくとも山田はその時そう思ったのであった。

二

弁護士の北島は自分が今この場所を村民と共有できることの意味を噛み締めていた。北島がこの地にやってきたのはかれこれ十年ほど前のことだった。色恋村は母親の生まれ育ったところである。

集団就職で上京した母親の辿《たど》った人生はさしたる幸も不幸もない、誰もが経験するほどの、普通の人生だったと北島は思っている。母親は東京近郊の紡績会社に入社。仲間の工員と結婚。そこで二人の男の子をもうけた。祐介はその次男である。父親も近郊の農家の次男だった。

十年前に色恋村に住む祖父が亡くなった。家の跡を継いだはずの年のはなれた母の妹が早死にしたために、北島家は老夫婦だけで住んでいたのだ。生活の主柱だった祖父を失った祖母は孫の祐介に北島家を継いでほしいと懇願した。

そのときの葬儀に参列して、北島はこの村がなぜか、とても気にかかった。

さして広くもない家に近所の人たちが集まってきて、ゆったりと過ぎていく柔らかな時間。時折、涙を滲《にじ》ませながら、祖父の葬儀のために働く村の人たちの仕草の一つ一つに祖父と村人のかわした時間の長さと重さがひしひしと感じられて、祐介はなぜか清々しい気持ちにさせられた。

祖父の家はさしたる名のある家ではない。村の中で、金と力をチラつかせて、村人を動かすとか、役を引き受けて幅を利かせるとか、そんなこととは無縁の家である。それなのに、次々と弔問に訪れてくる村人の数。その眼差しはどれも優しい慈愛と憂いに満ちあふれていた。

葬儀は祖父の家で行われた。座敷の外から通って来る風、少し潮の匂いのするそんな風と線香の匂い。それに僧侶の読経の音色が入り乱れて、厳粛だけど暖かい雰囲気に包まれた、そんな葬儀だった。

東京近郊の新興住宅地のど真ん中、地区の公民館や葬儀会館での葬儀しか知らない祐介にとって、初めて経験する祖父の葬儀は悲しいのに、どこか静かで、豊かな時間が流れていた。

祖母に請われた時、祐介はとても気持ちが惹《ひ》かれた。そして少し迷った。祖父は大した財産を残してくれた訳ではなかったけれども、まだ十分生活できる家と広い庭、それに畑があった。色恋村の近辺には弁護士は一人もいない。この村で自宅を改造して小さな法律事務所を開いてもいいかもしれない。両親は兄が見てくれるだろう。自分が母の実家を継いでも、困る人は誰もいない。

その頃祐介は、独立した弁護士といっても名ばかり、仕事の総てが所属事務所から割り振られてくる。祐介は単なる歯車に過ぎない。大会社の利権の弁護に近い、あまり気の進まない仕事に取り囲まれて、夜も日もなく忙殺される毎日にちょうど嫌気がさしていたのである。

そんな訳で、祐介は少しずつ、色恋村に心が傾いていった。そして、川が流れて自然に海にたどり着くように、いつの間にか、この村に住み着くことになっていったのであった。

祐介はこの村で結婚した。相手は大学時代の同級生である。彼女は弁護士への道は進まず、教師になった。教師が続けられるならどこでもいいという彼女に助けられて、北島は色恋村にやってきたのであった。

この色恋村の闘いは、弁護士北島祐介を中心にして回り始めていたのであった。

三

北島の予言どおり、それから数日の間に嫌がらせの手紙が色恋村の各地に大量に届けられ始めた。その内容は宮前文子の家に届いたものとほぼ同じ、広告のキレッパシやガスメーターの検針表など他愛のないものがほとんどで、総て同じ筆跡であった。

山町、欽念寺の浜本称覚の寺にそれらの手紙が届いたのも同じ頃のことだった。

ある朝、郵便受けに入っている手紙の量に浜本は本当にびっくりしてしまった。宮前文子に来た量の数倍、わずか三日で百通を越える嫌がらせの手紙が浜本の寺に来たのである。知らせを受けて北島は集会を開くことを決意した。浜本の動揺は隠せなかった。人の出入りの多い寺でのこと。反対運動に関わっている浜本を事あらばと手ぐすね引いている役員もいるだろう。具体的に何をどうすべきか……それには集まって話し合うのが一番と北島は考えたのであった。

集まりは海町の信教寺、いつもの場所、山田の寺で行われた。山田の呼びかけでそれぞれが持ち寄った嫌がらせの手紙はさすがに不気味なものであった。

「先生、これは何やろうかね」

持ってきた袋からおずおずと大きな封筒を取り出したのは前川たみであった。北島はおびただしい数の分厚い封筒を見て驚いた。どの封筒も、どの封筒も会社の求人案内である。

「たみちゃんに入社案内？」

声をあげたのは塚原だった。

「なんや、これ!!」

誰が考えても理解に苦しむ。嫌がらせとしてもどんな効果があるのだろう。中年の漁師の女房が丸の内の会社のＯＬにでもなるというのだろうか。

「なるほど……」

北島はうなり声をあげた。

「これを見てください。宛名は全部ご主人の名前になっています」

「本当だ」

塚原は手に取った封筒の宛名をしげしげと見ている。

「団地に住んでいる家族だとします。これだけの数の入社案内が一度に届いたら近所の噂になりませんか。

『あそこのご主人は失業してるんだって』

そんな噂が団地中に振り撒かれたらちょっとたいへんなことになりませんかね」

「そんなだらな!!　あいつら頭悪いんじゃないかい。そんなもんを俺らのとこへ送って来ても何の役にも立たんわい!!」

笑い声さえも混じる。深刻な空気が一変した。

「焼酎食らって漁に出るだけの俺らの父ちゃんになんの失業かい。いまさら『こんぶ巻き』を首にぶら下げて会社勤めもあるまいね。それこそゴミの山でも持って来ん限り色恋村の漁師は失業なんぞしてたまるか。このだら助め」

「たみちゃんのとこへ送ってくるなんて一番効果のないとこやなぁ」

笑い声が湧き上がった。こんぶ巻きとはネクタイのことである。ネクタイがこんぶに似ていることから、それを首に巻き付けるのでこんぶ巻きなのである。

四

「この嫌がらせの手紙は誰か個人が思いつきでやっているものではありません。後ろには大きな組織がついています」

「大興組でしょうか」

浜本は自分の所へ来たおびただしい数の手紙に目を落としながら聞いた。こころなしか手がかすかに震えていた。

「いや、もっと上かもしれません」

上といえば国家に繋がる機関しかない。弁護士の北島は通産省や環境庁の天下りを大量に受け入れて、最近急に大きくなった非営利法人を思い出していた。裏金をふんだんに使って様々な裏工作をやっているという話を聞いたのはつい一か月ほど前の話であった。北島は動き出した大きな力をひしひしと感じておもわず深呼吸をした。ちょうどその時だった。

「先生ー俺のとこへ来んのは何でやろうか。一人前に扱われておらんということやろうか」

不服そうにつぶやいたのは風呂屋の山本松雄だった。

「そうや、俺のとこもまだ来んぞ」

相槌を打ったのは塚原である。

「まだ頑張りが足らんということかねぇ。なんか仲間はずれにされたようやねぇ。一人前でないとあいつらに言われているようで面白くないわい。なぁ松ちゃん‼」

二人の表情はあながち冗談とも思えない、本気で腹を立てているようにも見えた。

「そうや、ほんで、なんで俺のとこだけ送って来んのか、俺をなめとんのか、俺のとこへも送ってくれ、と、実は俺、今朝方K市にある大興組の支店長の黒崎、そうそう、あの化粧豚のところへ直接電話したんよ」

妙に色が白くて唇だけがなぜか赤い。コロコロして関西弁を話すので、誰が言い出したのか「化粧豚」で通っている。

「まさか、松つぁん。本当か」

一同唖然《あぜん》とした。言われてみれば山本のやりそうなことである。

「で、どう答えたか？　あの白豚は」

塚原が聞いた。

「豚は留守で事務員が応対したんだが、その答えが可笑《おか》しくないかい。

『それらは本社の担当ですから、私どものところではわかりかねます』」

全員が爆笑した。

「本社ならわかるんか」

と重ねて聞いたら
「そういうことはわたしどもは担当していないので、何とも……。直接本社にお尋ねください。本社ならご質問にお答えしてご満足いただけるかと思います」

笑い声が続くのをやり過ごしてから
「あいつら、だらか」

とため息をついたのは塚原である。

「誰が裏におろうとも、何処へ送るかというリストに役場と大興組が噛んでいることは間違いない。そっちが嫌がらせなら、こっちもやるまでよ」

と山本松雄。

「そうや、松ちゃんそのとおりや。あんたら何を怖がっておるんか俺はわからん。犬を村長にするなど、言語道断。断固として戦う意志を見せない限りなめられるぞ」

塚原の一撃で全員シャキッと元気が出たから不思議だ。

「そのうち化粧豚の入り浸っている飲み屋のママの情報を神戸の家の近所にばらまいてやるぞ、今に見とれ」

さすがに北島は風呂屋の山本松雄をたしなめた。この男なら、本当にやりかねないと思ったからである。

この人たちの処へは嫌がらせの手紙は来ない。山田はその時そう思ったのであった。

「塚原さんのおっしゃるとおり、津田袋大和村長の容態はきっと重篤なのだと思います。いよいよ決戦の時は近い。私たちも本気で対策を練らなければなりません」

北島は自分に言い聞かせるように、締めくくったのであった。

五

村長が死んだのはそれから間もなくのことであった。色恋村を動かして来た文字通りの実力者の死である。体育館を葬場にして村始まって以来の葬儀であった。

大和氏が元気な頃に家族に告げてあった遺言だということで色恋村の僧は全部招待され、代議士はじめ、K市ゆかりの大臣までご出席、お供えのかご盛りの注文で三軒あるスーパーの果物とお菓子は底をつき、焼香の列は葬儀が終っても夕方まで続いたのであった。

その日の村は追悼一色に染められた。今、村には芽生えたばかりの深刻な対立はあったが、それはそれ、いろいろな評価はあっても津田袋大和の一生はそれなりに見事であった。大和自身のやり方で戦後のこの村を貧困から救い、村人を助けて来たことには変わりはなかった。敗戦から高度成長へと続く日本のなかで、地元にある資源を売ることで土地の人々が食いつなぐ、多分、これ以外の方法はなかったのかも知れない。村人は素直に戦後の巨人の退場を心から弔い、喪に服した一日であった。

ローカルテレビが繰り返し報道する葬儀の有様を見ていて、尾山にはどうしても我慢のならないことが一つだけあった。葬儀が全部終って、遺骨が帰ったのは自宅ではなくて、村長室であったという事実である。村役場は自分の会社ではないのだ。いくら現役であっても、死して帰る場所ではない。仕事中で葬儀に出られなかった職員がお別れに来ようと、そんなことはどうでもいいこと。仕事が終ってから自宅に迎えればいいではないか。村長室に戻ってくるという感覚がどうしても尾山には理解できないのだ。

妻は保母、自分は教師。色恋村から給料を貰《もら》う立場だが、そんなところに焼香などしにいくはずもなかった。しかし、こんな段取りをつけたのは誰か。尾山は気にかかって仕方がなかったのである。しかしこの村の人で問題を感じているらしい人はあまり見当たらなかった。このこだわりが後で頭を抱える事態に発展することをその時の尾山は知るよしもなかったのであった。

五日間戦争の幕開け・前夜

一

四月二十六日の日曜日が投票日、告示が二十一日の火曜日と決まったのはそれから間もなくのことであった。かくして選挙戦の火ぶたが切られたのである。

候補者は「津田袋健太」と「花田武」。人間と犬ががっぷり四つに組んでの選挙戦、前代未聞の選挙がここにこうして始まったのであった。

事務局長は北島祐介、後援会長は谷本隆、幹事長は山田信教、婦人部長は宮前文子、青年部長が山本松雄、その下に数名の地区委員を置く。尾山光明は教職員組合をまとめる組合側の代表である。組合側の代表は事実上のもう一つの裏選対の長としての意味を持つ。組合員とその家族の票をまとめる仕事が第一だが、組合の八割を越えるのが教師たちの集団である。彼らは公務員なので、選挙中は表に立つことはできないが、ボランティアとして、単純労働を提供したり、候補者の話を聞くために集まったり、会場に大挙して集合したりすることはできる。

山町の欽念寺の住職浜本称覚は本人の申し出で、また塚原公雄は現役の耕地組の下請け会社の社員であることから、北島の強い勧めで役から外れることになった。

選挙事務所の本部は北島の弁護士事務所の裏にある倉庫と決まった。花田の家とも百メートルほどしか離れていないので好都合である。弁護士事務所を拡張するため、家の横にあった倉庫を改造したばかりであり、広々としていて快適であった。裏選対は信教寺の一室。表には事務局長の北島が、裏には幹事長の山田が張り付いていた。表の選対は訪れる有権者の相手をしながら、支持を拡大するヒントをつかんだり、情宣チラシの配布準備をしたりという表の顔を持っているが、裏選対は極秘情報が飛び交い、票の計算が主な仕事である。

村長選挙にしては本当にささやかな集団でのスタートであった。

事務局長が最初に悲鳴をあげたのが、会場の確保の難しさであった。選挙の前に、各地区でミニ集会を開きながら後援会の組織固めをしていくのが普通なのだが、その会場が確保できないのである。

公民館はいち早く、どちら側の陣営にも貸さないという館長たちの決議を発表してしまった。もちろん、関わりになりたくないという意味ではない。津田袋健太は犬である。ミニ集会など不要なのだ。彼らはもともと、裏で動かす金か、もしくは地縁血縁で票を集める。主義主張を述べての選挙など唯の一度もやったことはない。

公民館を両陣営に解放した場合、使うのは花田の陣営以外にはない。だとしたら、不使用宣言をさせた方がいいに決まっている。助役の田岡が動いた形跡があった。

花田の陣営に協力する人はもちろん沢山いた。しかし、あくまでも裏の協力であって、表に出て名を出すことは嫌がった。あの浜本でさえも、名前を出すことはできないと役職を断っているのだ。普通の人が会場など提供できるはずはなかったのである。

ようやく、本当にようやく、見つかったのが里町の西福寺である。杉本慶裕という若い住職が見るに見かねて寺の本堂を貸してくれたのである。杉本はあまり意見を述べたりはしないが、会議には欠かさず出席して、雑用係を黙って引き受けてきた青年僧であった。

かくして最初のミニ集会は里町の寺で行われたのである。告示日のちょうど一週間ほど前のことであった。


村長選挙の告示を明日に控えた夜、信教寺の住職山田信教は推進派の門徒総代二人から「話がある」と海町の集会所へ呼び出された。時期が時期である。用件は聞かなくてもわかっている。心配して反対派の門徒総代がひとり同行してくれた。案の定、予想どおりの展開と思わせる成り行きで話は始まった。

「反対運動に関わるのは止めてもらえませんかねぇ」

いきなり切り出したのは門徒総代のひとりだった。この人は信教寺では最年長の筆頭総代で二人の責任役員の次に位置する実力者だ。村役場のＯＢで、村の中の重役を歴任して退職して十数年、村ではなかなかうるさい人でとおっている。信教寺の住職、山田信教は、開口一番、いきなり高飛車に言い放たれて、ついに来るべきものが来たと、思わず居ずまいを正した。ちょっと緊張した空気が流れた、その時だつた。

「反対するのは、もうちょっと後でいいと私は思うております」

もう一人の若手の総代がおもむろに言った。

「反対するのは後でいい」とはどういうことか。山田は即座に意味が理解できない。

「どういうことでしょうか？」

訝《いぶか》しそうに聞きながら二人の顔を交互に眺めた。雰囲気として、さぞ厳しい言葉が続くだろうと覚悟を決めた直後だっただけに、山田はちょっと拍子抜けした。

「今反対したら本当に計画が中止されてしまうと俺は思います」

山田は驚いた。中止してほしくない反対運動などあるのだろうか。年配の総代の表情を盗み見たが咎める雰囲気などはない。むしろ、大きく頷《うなづ》いた表情からは同意見であることがうかがえた。

「私は中止してほしくて反対しているのです」

山田はちょっと気色《けしき》ばんで答えた。

「やっぱり!!　まさかと思うとったけど、あんた、本気で言うとらすかねぇ!?」

その若手の総代は海町の地権者である。本当にあきれたという表情で山田の顔をまじまじと見た。

「ちょっと、それはどういうことかね。あんた、人をおちょくっとるがか」

心配して住職について来た反対派の総代が声を荒げた。

「あんた何を怒っとらすかね。反対すれば補償金が上がる。そのためにこそ反対してもらわにゃあならん。話が六分どおり固まったところで反対すれば、ばっちりやー　今反対したら本当に中止されてしまう。それじゃあ元も子もないでないかい」

山田は驚いた。そんな風に反対運動を見ていた人がいたのだろうか。

「私はそんな風に考えたことはありません。この色恋村クリーン作戦にはあくまでも反対です」

「何でやねぇ。こんな誰も相手にせん過疎の村に、大金を落としてくれるという、こんな有り難い計画のどこが悪いがかねぇ。その理由を教えてほしい」

「そんなこと、わざわざ答えんとあんたわからんのか？　寺の門徒のほとんどが家と仕事を失うんやぞ」

「おやぁ…あんた知らんがかねぇ。どんだけの補償金が来ると思うてかねぇー、家を建ててあと十年は遊んで暮らせるだけの金が来るんだぞぉー」

「その家を村のどこに建てるんかね、海町の空き地にはどんだけの家が建つやろうか。後は何処へ行くんかねぇ。これを機に村を離れる人が半分は出るやろう。そうなると寺は立ち行かん。住職が反対するのは当たり前でないかい」

「そやから言うとるやろう。もうちょっと黙っとってから反対したら寺にも大金が落ちるやろうねぇ」

「そんな問題ではありません」

山田は思わず声を荒げてしまった。

やり取りを黙って聞いていた筆頭総代が高飛車な口調で言った。

「どうしても反対を止めんということなら、推進派の全戸が門徒を止めたらあんたらどうされますかね。その場合でも、やっぱり三分の一以上の門徒が減ることになりますよ」

「…………」

反対派の総代は言葉に詰まった。山田は思わず口を開いた。

「どうしても……門徒を離れたいとおっしゃるなら………それは……仕方ありません………」

行きがかり上とはこのことだ。山田はかっこ良く言い放ったことをちよっと後悔した。威勢のいいことを言えるほど、覚悟が決まっている訳ではなかった。しかし、こうでも言わなければ引っ込みがつかない。こんな風にして自分の立場がだんだんはっきりして行くのかも知れない。

山田は自分は何のために何に反対しているのかと自問した。環境問題という大義よりは、ひょっとしたら自分も利害かもしれない。山田はふとそう思ったのであった。

二

その夜は告示の前の夜、海町の集会所から帰った山田は眠れそうもなかったので酒を少し飲んだ。そんな深夜に山町の欽念寺の住職浜本称覚が山田の寺にやって来た。告示日前夜の興奮も手伝ったのかも知れない。

「こんな時間にすみません。明日からは忙しくなりますから、今晩中にご相談をと思いまして、じつは……」

浜本はポケットから封筒を取り出した。山田は一目でそれとわかった。

「嫌がらせの手紙じゃあ、ありませんかねぇ」

「ええ、今日の昼に来たんです。事務所では黙っていたんですけど……」

浜本はその封筒を差し出した。一昨日の名古屋の消印である。中を開いて驚いた。中央に「世界に平和を!!」と書いた横断幕を持った山田が大映しになった写真が載っている。そのチラシには「三人の過激派坊主・赤坊主を追放せよ」というタイトルがついていた。もちろん山田はこの写真を知っていた。

「これは確かに私の写真です」

全国の仏教徒の連盟が主催した、いわば公然の平和行進のデモに宗門あげて袈裟衣をつけて参加した時の写真である。過激派なんて、言いがかりにもほどがあると山田は思った。

「私の所へは来ていませんねぇ」

当事者には出さないで回りに偽情報を配るというのが常套手段だという話を以前に北島から聞いたのを山田は思い出した。自分のことを周りが全部知っていると思わせるのが狙いで、隠したい過去を持っている人はひとたまりもない。中を読んで行くと、本当に他愛ない文章である。浜本と杉本が同じく赤坊主であると列記してあるだけで根拠などはどこにも示されていない。今どきこんな「赤坊主」などという言葉が意味を持つのだろうかと山田はやりきれなかった。

「私や杉本さんのことが細かく書かれたものが山田さんの所に来ていませんか」

浜本は自分の過去が暴露されるのが怖かった。逮捕歴のある過激派の活動家、そんな、なかったことにしてしまった過去がここでほじくり出されることは恐怖であった。

「今のところは何も来ていません」

山田は即座に言った。

「私はずっと、この色恋村に住んでいます。過激派でないことは皆さんがよくご存知です。どうせこんなもの、いまさら気にする人はおりません。放っておくしかありませんでしょう」

山田の言葉を噛み締めるように聞きながら浜本は思い詰めたように言った。

「そうですね。それにしても、あんなおとなしい杉本さんが、寺の本堂を貸したというだけで、なんでこんなに標的になるのでしょうねぇ」

「ええっ、杉本さんがどうかなさったんですか」

山田は何が起こったのか知らなかったのだ。

「ミニ集会に寺の本堂を貸したことが原因で門徒から突き上げられて大変だったらしいですよ」

「それは大変なことでしたねぇ。あの集会自体が推進派の妨害で潰されたも同然でしたからねぇ」

浜本も杉本の話を聞いたのはつい先日のこと、しかしそのことよりも杉本をだしにして探ってみたかったのだ。本当に知りたかったのは只一つ、自分の過去がどの程度暴露されているのかという一点であった。


浜本がK市で気味の悪い体験をしたのは昨日《きのう》のことだった。K市に住む門徒が亡くなったので、車で二時間かかるK市まで葬儀に出かけたのだ。選挙では役には付いていなかったものの、二日後に控えて忙しかったので、葬儀を終えて急いで帰ろうとして、その前に葬儀会館のトイレに入った。鏡の前で手を洗っていたら近づいてくる人があった。なにげなく振り返るとそこには見知らぬ背の高い男が立っていた。

「浜本さんですね。僕を覚えておられますか」

浜本はその男に全く見覚えがなかった。

「僕ですよ。覚えておられませんか……。一緒に警察に捕まって一週間もぶち込まれたことがあったでしょう。あの時の仲間ですよ。まだ思い出しませんか。もっともあなたはなぜか五日で出ていかれましたがね」

「…………」

浜本はあの日のことは忘れたくとも忘れられないほどよく覚えているが、その男には全く見覚えがなかった。背が高くて痩せている割りにはがっしりして、細長い箱のような顔が印象的で、一度見たら忘れられない特徴のある風貌である。

無言の浜本の耳元でその男はささやいた。

「ねぇ、犬を殺しませんかー。色恋村を救うにはそれしかありませんよ。なに、昔のよしみで面倒な仕事は全部私たちがやりますからー」

浜本は血の気が失せるのがわかった。

「確かに私は浜本ですが、おっしゃっていることの意味がわかりませんが……」

「しらばくれないでくださいよ浜本さん。あなたなら、殺すしかないことぐらいわかっておられるでしょう」

「いいかげんにしてください。そんな話、私には関係ありません。失礼します」

言い放って浜本はトイレを飛び出した。どう考えてもあの男に見覚えはなかった。帰りの車の中でも、家に帰りついてからでも浜本は体の芯がまるで熱にでも冒されたように震えていた。そのあげく、その次の日、つまり今日の昼に着いたこの嫌がらせの手紙。浜本は無関係だとはとても思えなかった。どこまで自分の過去が掴《つか》まれているのだろうか。それを考えるととても寝つけなかったのである。浜本は誰かと話をしなければ自分の精神のバランスがとれないほど怯《おび》えていたのだ。

山田は浜本の本心など知る由もなかったが、この嫌がらせは、自分というよりは多分、浜本や杉本がターゲットなのだと思った。彼らは脅《おど》しを怖がっているように見える分だけ、多分、半身に構えているように取られているのだろう。突けば壊れる。そう思われているうちは何度でも同じ目に遭《あ》うに違いない。

「脅されるのは二人とも若い住職だからでしょうか」

「それもあるかもしれませんねぇ……しかし、おとなしいから脅されるのではありませんかねぇ。脅せば効果があると思われているからではないですか」

言ってしまって山田は少し後悔した。考えてみれば自分もいま脅されたばかりである。断固たる姿勢で勇ましく、潔く闘えるほどみんな勇気をもっているのだろうか。主義主張はアクセサリーか「飯の種」で、生活だけは願わくば無難に行きたい。それが自分の本心かもしれないとも思う。しかし、そんなことでは済まない局面を迎えた時に何をどう選択するのか。それも、多分、みんな行き掛りなのかもしれない。

「こんな場に身を置き続ければ、否応なく自分が決まってしまうことが必ずあります。それまでは無理をしないことではないですかねぇ」

山田は自分に言い聞かせるように言った。

あのおとなしい杉本も老いた母がひとりいる。五人兄弟の末っ子で上が全部女という、今ならもうあり得ないと思えるような家庭に育っている。おろおろする老いた母を見ながら、なかなか自分を晒《さら》す場が見つからないのだろう。

自分たちの宗門の歴史を見ても、宗祖の想いに反して、生き延びるために為政者と結託して、それこそ犬でも猫でも、およそ遣えるものは全部遣って生き延びて来たのだ。寺の宿業の深さと重たさ、背負う力など山田にはないが、とにかく、誠実に立ち尽くすしかないはずである。山田は明日からの嵐のような数日に想いを馳せたのであった。

開戦・告示

一

四月二十一日火曜日。いよいよ告示の日がやって来た。

「えー、この健太氏のご功績はいまさら言うまでもありませんが、ここに告示の日を迎えることは大変な喜びであります」

午前八時、色恋神社の境内から大音響が聞こえて来た。津田袋の出陣式である。色恋神社の境内に総勢五百人にもなる人が集まった。告示日の前日付けで助役の職を辞した田岡が胸に赤い花を付けて健太の綱を持っていた。その綱は五色の糸で編み込まれ、健太は候補者の印である白い花を付けたタスキを掛けていた。

国会議員から県会議員、それに大興組の黒崎。議会議長の上戸の顔も見える。懐が暖かくなったのか村議の顔はどの顔もほくほくしていたが、その中にあって津田袋光だけがやけに緊張していた。光も公務員なので、選挙中は表に出ることはできない。告示の日は火曜日なので休暇をとって一般席の最前列にいたが、終止、硬い表情を崩さなかった。

一方、主役の健太候補といえば、さすがに堂々としていて、その顔には気品さえも漂わせていた。キョロキョロして落ち着かない田岡とは対照的である。大まじめに集まった五百人の大半は土建の動員なのだろう。やはり異様な光景であった。

一方花田の陣営はわずか百人。そのうちの半分が休暇をとって駆けつけてくれた組合の人たちであった。第一声はゴミに沈む海を背景に行われた。後援会長谷本隆先生の初登場である。人数は少ないが和やかでどこか清々しい集まりであった。かくして五日間に渡る激しい選挙戦が始まったのであった。

選挙戦が始まって間もなく、早くも、ちょっとしたトラブルが発生した。尾山の健闘空しく、やはり、選挙の演説会場はどこもとれなかったのだ。公民館などの公の施設は告示日になると演説会場として、候補者に提供することが義務付けられている。選挙が始まると館長の決議など全く効果がなくなってどの陣営にも平等に公の場所が提供され、告示日に先着順で希望の場所が決定することになっている。希望の日時が重なった場合、くじ引きで決めるのが慣例なのである。決められた時間に選管に出向いた北島は唖然とした。全て、津田袋健太の陣営が抑えていたのである。


「どういうことでしょうか」

「どういうことって？」

「この時間に来てなぜ何処もとれないんですか？」

「先着順だからです。正午までにとお伝えしたはずです」

「いえ、聞いていません」

「選管からのパンフレットにそう書いてありませんでしたか？」

「でも、昨日、確かに正午に出頭するようにというご連絡がわざわざありましたが……」

「そんな連絡、誰もしませんよ。名前を名のりましたか？」

そういえば名前は聞かなかった。「選挙管理委員会ですが」という電話の連絡だけであった。北島は「しまった!!」と思った。偽電話にだまされたのである。津田袋の誰かが偽の電話を掛けて来たのだろう。十分に警戒すべき事柄であった。犬を立候補させてしまう選管など、最初から当てにする方が間違っていた。

告示日の午前中、選管に出向いていく時間の余裕など、どこにもなかった北島は正午という電話連絡で内心ホッとした。正午に両陣営を集めて抽選会をするものと信じて疑わなかったのである。

告示の晩、選対会議が開かれた。北島は開口一番、お詫びから始めなければならなかった。北島はまず冒頭、自分の不始末を心から詫びた。

「それ、本当に騙されたんだろうか。選管の自作自演なのではありませんかね」

尋ねたのは山田である。

「実は私の所へも同じ電話がかかっているんです。事務所が留守だから北島さんに伝言を頼むという内容なんですけどね」

山田は電話の中身を録音したテープを持っていた。嫌がらせの電話がかかるようになってから、電話の内容をすべて録音する装置を取り付けたのである。夕方、連絡会に先立って北島からの電話で、顛末《てんまつ》の報告を受けた後、もしやと思って録音テープを持って来たのであった。時間は北島が聞いた時間の三十分ほど前である。

録音の声に混じって、確かにエレベーターのピンポンと庁内放送らしい音が聞き取れる。庁舎の中からかけられたことは、ほぼ間違いない事実である。

「このエレベーター音は選管でしょうか。選管でこの音は聞こえますかねぇ。これは間違いなく村長室ですよ」

確かに、村長室はエレベーターの真っ正面にある。選管の部屋ならばこの音は電話には入らないかも知れない。やはり津田袋陣営の誰かが村長室から偽電話をかけたのだろうか。

「どうせ、演説会など誰も集まらないから、街頭演説一本でやることにすればいかがですかね」

山田は言った。先日無理をして借りた杉本の寺での初めてのミニ集会が妨害されたことはまだ皆の記憶に新しい。会場の入り口近くで待ち構えていた大興組の車のヘッドライトの放射を浴びて、こっそり隠れてやって来た人たちが怖がって帰ってしまうという事件が起こったばかりだった。その帰った人にこそ是非聞いてもらいたい話の数々だったのだ。

かくして、信教寺以外では一度も集会さえも開かれないまま、選挙戦に入ってしまったのだ。

集会など開いても聴衆など集まるはずがない。会場を確保したり妨害と闘ったり、そんな暇があったらもっとやることがあるという山田の判断に異をとなえる人など誰もいなかったのである。

全員が納得して、あとは事務連絡に移ろうという時、山田の言葉に割って入った人がいる。宮前文子である。

「ところで皆さん夕刊を見られましたか。健太が犬であることは報道からでは判らないんです。田岡の顔が大写しになって、健太は頭しか映ってません。どこにも書いてないんです。そういえば出馬表明もしていない。今日がいきなり告示ですから、唯の一度もマスコミでは健太が犬であることを報道していないんです」

確かにそういえば顔写真が定番の選挙ポスターも「津田袋健太」と書いてあるだけで、写真はない。何とも奇妙な話である。犬である事実は口コミ以外に伝わらない仕組みになっている。

「俺らの法定チラシに書けばどうですか」

塚原の主張である。

「いゃあ……それは止めた方がいい」

浜本が反対する。

「マスコミが書けないにはそれなりの事情があるのではありませんかね。ひとりでも逮捕者が出たらこの運動は終りです。私たちは国家に弓引いている訳ですからね」

「あんたそんなこと言うとったら勝てんよ。書いてしまって、花田が勝てば、勝てば官軍。花田は村長なんだから、勝ったとこにガサ入れなんか絶対にない。あんたらそう思わんかね」

山本松雄も援護射撃する。

「だいたいあんたらっちゃ、ちょっと臆病すぎませんか。マスコミが俺らに味方するはずないやろいね」

「何も奴らみたいに金を配れと言っている訳ではありません。犬が村長なんぞになれない。俺たちはただそう言いたいだけなんです。こんな当たり前の事実を述べられない選挙なんぞ、どうかしてると思いませんか」

山本と塚原は口々にまくしたてた。確かに彼らの主張はいちいちもっともである。しかし、山田は万が一にも逮捕者の出るような選挙にだけはしたくなかった。できないはずの立候補ができてしまう。それだけのことができる人たちが犬を担いでいるのだから、選挙中の誹謗中傷として些細なことにも選挙違反を取られる危険性を無視することはできない。

「こんな、国相手の選挙にきれいなことをしていても勝てん。あんたら学校の先生やお坊さんや弁護士さんなどにとっては選挙違反は怖いかも知れんけど、俺ら風呂屋や漁師には痛くも痒くもない。犬は犬、言いまくらにゃ、言うて景気をつけていかんと勝てんぞ。警察が来たら俺らにまかしといてくれ」

しかし、山本松雄の主張が全面的に支持されることはなかった。山本と塚原はどうにもならない距離感を埋めることができないことに少し苛立っていたのである。

カーテンで遮られた事務所の中の熱い熱い議論をよそに、ガラス窓の外はさわやかな春の夜であった。

二

「なぁ松ちゃんよ、俺はあの浜本という坊さんがどうも好かん、こうべにしわ寄せて、いかにも深いようなことを言うと立派に聞こえるけど、俺に言わせるとただの臆病でないかい。あんなことを言うと何でもない普通の人まで怖がらせてしまう。

こんな運動は、表に出るか出んかは弾みみたいなもんや。出てしまったら、もう後戻りはできん。矢でも鉄砲でも持ってこいと腹を括《くく》った人が増えんと勝てんぞ」

「確かに!! お上に楯《たて》ついちゃぁ、いかんのかー。なんでや。

博労やっとった孫じいさんの口癖で『いいか、松、お上だけは信用するな、俺らなんかを護ってくれることは絶対無いからな、覚ぇとけ』といつも言うとった。

なんで犬ころにタスキ掛けさせるんや、みんなグルやろう……」

二人は出口で示し合わせて居酒屋に立ち寄ったのだった。酒の勢いも借りて、少しずつ盛り上がってくる。

選挙になると居酒屋の客足はピタッと止まる。票目当てにアチコチでただ飲みさせる所ができるので、お金を出してまで飲みに来る人がいなくなるのだという。店の親父さんも心得たもので、選挙期間中に「訳ありグループ」が入ってくると、人目のつかない隅に案内する。二人は目立たない店の隅でいやが上にも盛り上がっていった。

「こっそり俺らで別動部隊を作りたいたいなぁ」

「そうや! そりゃあいい」

二人は怒って選挙事務所を出て来た割にはイキイキしていた。いつも大切なところでなぜかすれ違ってしまう会議には二人とも、ほとほと嫌気がさしていたのだ。そんな二人にとってお互いに心許せる同志として確認しあえたことはうれしいことだった。

「こりゃあ、喧嘩やぞぉ……なぁ…あんなこと言うとって勝てるんかぁ…なぁ、俺りゃあ腹の虫が収まらん」

塚原は悔しかった。犬が立候補しているのに、その一番痛い所をなぜ突けないのか。いろいろと並べ立てている理由は、確かに立派には違いないが塚原にとっては屁理屈としか思えなかったのだ。

「このままでは絶対に勝てん!! なぁ……松つぁん、そう思わんか。犬が村長の村になんぞ暮らせるか!?」

「俺らでこっそり動くしかない!!」

事務所は風呂屋の物置、名付けて忍者部隊。酒の勢いも助けたのか、似たような者を数名集めてこっそり情報の収集から怪文書までをやればどうかということになったのである。

「あんたら何をたくらんどるのか。俺も入れてくれ」

二人はビックリして声のする方を振り返った。教組の尾山である。尾山は二人が連れ立って帰るのを見ていたのだ。自転車だったので二人の跡をつけて来たのだという。少し離れたところで飲んでいたのだが、どうにも気になってならなかったらしい。

「あんたらの言うことは全く正しい。さっきの会議で、僕もイライラしながらあんたらの言うことを聞いとったよ」

この村で育っていない尾山はこの村のことが分かるようで分からない。弁護士の北島と似た境遇であった。尾山は山本と塚原の明快な論理を聞いていて、いつも自分たちの限界を感じさせられていた。

尾山には山本に対して鮮烈な印象があった。色恋村クリーンプロジェクトの推進決議を議会に傍聴に行った日の夜のことを思い出していた。

山本が突然、

「この世の中には反対派と賛成派しかおらんような気がせんか、塚原さん」

あの夜のことを考えていた尾山はびっくりした。

「そうや、賛成派は反対派にはならん。反対派は賛成派にはならん。どんなふりをしとっても必ず盆に小豆を載せて振りながら選《よ》り分けるように、揺さぶっておるうちに必ず虫の付いた小豆は選り出て来て、二つに分かれる」

「まだまだ、これからやて、だんだん二つに割れてくるぞ」

と塚原。

「その違いはなんやと思いますかね」

尾山は恐る恐る聞いてみた。怯えるような人々と、事あらばと手ぐすねを引いているような人々との違いがどこから出てくるのか、不思議でならなかったのだ。

「お上を信じとるか、信じとらんか。もっといえばお上を有り難がっとるか、有り難がっとらんか」

山本は間髪入れずに答えた。尾山は一瞬考えた。お上などというものは、今では、もう存在しない。強いて言えば権威としての国家を無条件に信じているかどうかということなのかも知れない。

「まず、疑ってかかって、それから良かったらゆっくり賛成する人と、最初から有り難がって無条件に賛成して、後からこんなはずじゃなかったと怒る人の違いや」

塚原が解説してくれた。なるほどと尾山は思った。民主主義の原点を意外と言い当てているのかも知れない。

「何回騙《だま》されても懲《こ》りるということがない。何でや知っとるか?」

山本の問いに塚原は答える。

「くっついとって、得をしたいという根性があるから何度でも引っかかるんでないか」

「そうや、その通りや!!」

「色恋村クリーンプロジェクトのような解りやすいもんは聞いたとたんに二つに分かれる。嫌なもんは嫌という人種と、金にでもできればという人種やー。俺らのような虫の付いた小豆はそのうちに隠れとられんがになって選り分けられて出てくるから、心配せんでもいいいて、先生」

塚原の祖父は戦死者であった。塚原は小さい時に祖母から夫がいなくて苦労したという話を嫌というほど聞かされていた。

「赤紙一枚で殺されても、まだお上にくっ付いてさえおれば、お上が良いようにしてくれて美味い目にあうと考える連中はおめでたいほどお人好しや」

「そうや、博労やっとった俺の爺様も命からがら、外地から帰って来た。百五十人いた部隊で生き残ったのは八人やったそうや」

山本は言った。なるほど、尾山はなんとなくわかったような気がしたのであった。

出会い・応援する人々

一

花田の街頭演説が予想どおり効果を表わして来た。田に人が出ている農繁期であることも功を奏して、聞かせる相手には事欠かなかった。手を休めて聞いてくれる人がだんだん多くなって来たのだ。休憩時間の工場、外で仕事をする網工場。

なかでも効果があったのが夕暮れの住宅地であった。明かりを消した家の中で息を殺して聞いている人の気配が伝わってくる。注意深く見るとカーテンがかすかに動いて陰から手を振ってくれていているのがわかる。

日が落ちた後など、回りを気にしながら、こっそりと出てきて、次にいく所を教えてくれる人もあった。

すれ違い様にクラクションを鳴らして合図してくれる人、片手でVサインを作ってくれる人、そんな人の数もだんだん多くなってくる。選挙カーに乗っていて、目頭が熱くなる。そんな日が重なっていくうちに、花田の陣営は確かな手応えを掴《つか》んでいった。

そして海町・里町・山町それぞれに新しい出会いがあったのである。

海町の面積は八・七平方キロ。そのほとんどが海岸に面している。色恋村ではまだ一番元気のある地区かもしれない。この季節の浜は一番のんびりしている。選挙にはいい時期である。太刀魚や烏賊《いか》には少し早いし、鱈・いわし・鰤などは最盛期を終えてしまった。春の鯛は桜鯛と呼ばれて珍重されるが、この地では鯛は夏の終わりから秋口のほうが人気がある。のんびりと網の繕いをする人が多いこの季節は選挙には絶好の時期だ。花田はここでの、ある漁師の爺さんとの出会いは一生忘れることができないに違いない。

ちょうど朝の休憩場所を探していた花田は網を繕う爺さんが手招きするのを見つけた。駆け寄ってみると海町に育った花田には見覚えのある老人だった。海を見ながらその爺さんと一緒に休憩することにした。

「なー兄様《あんさま》よ！　ここの漁師はあと何年この調子でやれると思うかのぉ」

「…………」

「あと十年続けばいいとこや」

跡継ぎのはっきりしている船は三割強。あとは後継者のいない船がほとんどである。よしんば跡継ぎが居てもおよそその三分の一が嫁の来ない独身者である。ゴミの海に沈むか、このまま立ち枯れするか。この老人もあと一年で船を降りるしかないと言う。

「人が……子どもが帰って来ん。なんでこんなことになったんかなぁ……。こんな仕事、今の若いもんは、やりたないやろうなぁ……魚の値段は安定せんし、経費はかかるし、嫁の来手はないし……かっこいい仕事はみんなきれいや。勉強させて、学校を仕込んで、みんな出て行ってしまう。そのうち、勉強した漁師の子どもらは漁師にならずにスーパーの水槽で白衣を着て魚をつくるような時代が来るのかのぉ……。でもなぁ、薬をいっぱい使って、作った味に馴れてしもうたら、この国はしまいやぞぉー。

海に育った命を感謝していただく、これがなくなったら、人間は終りや。なぁー、あんたはまだ若い。村長なんて言わんと、総理大臣になって、この国を変えてくれー、俺らの悔しさを晴らしてくれや……なぁ……」

花田は胸が熱くなった。

話をじっと聞いていて花田はこの老人を思い出した。小学校の校庭の雑草をむしったり草花の手入れをしたり、時には山のような鯵《あじ》を持って給食の調理場に入って行ったり。カマスから溢れそうな鯵を見つけて調理場まで追っかけて行ったことがあった。どんな立場の人かは知らなかったが、子どもたちは「おっちゃん」と呼んで慕っていた。本職は漁師さんだったのだろう。漁の暇を見て、学校の世話をしていたに違いない。花田は思い出してとても懐かしかった。どれだけの想いをその皺に閉じ込めて生活してきたのだろうか。その爺さんの船がもう廃船になるなんて……。

「なぁ爺様、選挙が終ったら、一升瓶さげてまた来るわー、あんたの船に乗せてくれやー」

色恋村の海はどこまでも青く、波頭はどこまでも続いて広がっている。花田は選挙が終ったら必ず訪ねて行こうと心から思ったのだった。

二

里町、面積は八・六平方キロ。商店やスーパーが集中する商業中心の地域である。村の中に町があるというのもへんな話だが、正確には色恋村字里という。

店から出てくる人など誰もいない。固く殻を閉ざした貝のような里町の中をゆっくりゆっくりと花田の選挙カーは進んで行った。繁華街と呼ばれるほどの賑わいはもともとないが、それでも一時は色恋村の中心としてかなり賑わったところである。

そのど真ん中にバスの駅があった。昔、町が元気だった頃、出店するのがステータスだった地域である。乾物屋が小さなスーパーに改装した昭和四十年代が一番賑やかだったかも知れない。ところが今はバスの駅の横に無惨に広がる空き地がある。注意してみると、大切な処に幾つも幾つも似たような空き地が広がっている。これはここ近年のことである。トンネルの外にある隣町にできた駐車場を備えた大きなスーパーに客を奪われてしまったのだ。

もともとこの土地は江戸時代からの古い地主たちの土地であった。それを戦後のドサクサから高度成長期までの間に地主の不在につけ込んで津田袋一族が少しずつ買い占めて、いつの間にかそのほとんどを津田袋が押さえてしまった。借り手の知らぬ間に貸し手が代わり、それにつれて、地代が年々高くなってしまったのだ。

利の薄い商売はもともと自分の家で家族が携わってこそ成り立つ。地代を払ってでも元気にやれるのは村が人で湧いていた頃のこと、過疎が進む、こんな時代にはとても成り立たない。それに隣町に出来た大きなスーパーが拍車をかけた。経営者がひと回り歳をとって、店の改修を余儀なくされるような節目が来ると、たいがいは店を辞めて更地に戻して、町を出て行ってしまうのだ。

後継者がいないのに高い地代を払ってまで、店を改修して商売を続ける気にはならないというのは当然のこと、そんな訳で、次々と空き地ができてしまうことになる。その移転先はさまざまだが、たいがいはK市である。

「花田サーン、頑張って!!」

女性の声に現実に引き戻された花田は声のするほうを振り返り、選挙カーを止めて降りて走った。看板を降ろした店の前に立っていたのは上品な雰囲気の老婦人だった。

「花田さん頑張って下さい。私は先月で店を閉め、この店を整理ししだいK市に行きます。べつにもう怖いものはありません。犬が村長になるなど絶対に許せません。

私も本当はここで死にたいんです。でも、どうしても……、もう限界です」

脳梗塞でも患ったのだろうか、左足と左手がちょっと不自由そうに見えた。婦人は涙ぐんでいる。

「必ず勝って下さいね」

老婦人は利き手での握手に力を込め、花田に必勝を託した。

べつに津田袋が特別あこぎなわけではなかった。持っていた山林は今や価値がなくなり、材木代は伐採の経費にもならなかった。宅地の借り手は減り続け、年間数千万円という固定資産税を払うには借り手のある地区の地代で稼ぐしかなかったのである。それでも毎年かなりの額の持ち出しでどうにか成り立っているのである。津田袋大和が村政を預かっていても、自分の土地だけ固定資産税を安くするなどできるはずがない。もちろん売ろうにも買うほどの元気がある人はもういなかったのである。

二

面積二十・三四平方キロ、山町は農家が多い所である。その一部が海に突き出していて、里町を通らないで海町へ出られる。その辺りに山本松雄の山の湯があった。

選挙カーは山町を進んでいた。ちょうど農繁期の日曜日、田植えの準備に田には人がちらほら見える。

花田は気持ちのいい春の風と農村の土の匂いを一杯に吸いながら体を乗り出して手を振った。車は大きく右折してゆっくりと曲がっていく。その時だった。

「あぁーそっちはだめだめ!! そっちに家はないぞぉー」

右折した選挙カーに後ろから声をかけた人があった。前方には家の屋根がいくつも見える。

「お父さん、なんでやー、あれ、家やろう」

運転手が聞いた。

「誰もおらんがやー」

「ええっ?」

その男はゆっくり近づいて来て、選挙カーの運転席を覗き込むようにして話した。

「去年の暮れに二所帯出て行ったら、もう誰もおらんわー」

狭い道でしかも少し坂になっている。もう既に角を曲がって少し進んでしまった選挙カーはいまさら方向を変えることは難しい。運転手は思い切って突き当たりまでいって転回できる空き地を探すことにした。

狭い道の両側には雪囲いを付けたままの家。道だけが少し高くなっている。花田は選挙カーを降りた。主のいない家の庭にも季節が来ると花が咲く。道ばたに植えられた芝桜の濃いピンクが人影のない家の間で咲いているのが侘びしかった。路地苔の匂いがする。花田は突き当たりの家の庭の隅に子どもの赤いサンダルが片方落ちているのを見つけて思わず拾い上げてしまった。時々息子夫婦が孫をつれて帰ってくる。そんな何年かを過ごした後、息子夫婦に引き取られたのか、老人ホームに入ったのか……。

「ああ、あのおばあちゃんの家ここだったんだ……」

花田のとりとめのない想いが突然破られた。声の主を振り返ると一緒に車から降りて来たウグイス嬢、海町の娘だった。

「この家に住んでいたお婆ちゃん、去年の秋に亡くなったんだよ。お爺さんは三年前に出稼ぎ先で事故を起こして寝たきりなんだってー」

律儀な墨書きの表札が掛けられた表の方から回って来て、彼女は知り合いの家と気がついたのだろう。たまたま自分の祖父が入院していた隣町の病院で祖父が退院する日にその人が亡くなったのを彼女は覚えていたのだ。

「こんな家ばかりだね……」

花田は先日の漁師の爺さんの話を思い出していた。楽しいことも何もせず、出稼ぎに明けくれて、やっと貯めたお金で子どもを大学まで出しても、子どもはそのまま都会から帰っては来ない。帰って来たとしても、津田袋が取り仕切る土建業しか働き口ないというのでは辛い限りだ。よしんば働き口が見つかっても嫁の来手がないというのでは親としては無理強いなどできる道理がない。自分がこの村に「帰って来たい」と言った時に、ほんとうはうれしいはずなのに、なぜか両親の見せた煮え切らない反応を花田は思い出していた。

十年後には半減してしまうことが明らかなこの村に国家はゴミ捨て場を計画した。村人が減るのは村の人の努力が足りなかったせいなのだろうか。花田はやりきれなかった。

「みなさんこんにちは、今回の村長選挙に立候補した花田です。私たちのこの村は過疎に苦しんでいます。でも、過疎は私たちが作ったものでしょうか。私たちの努力が足りなかったのでしょうか。私はそうは思いません。

私たちは律儀に国の言うとおりに生きて来たのではありませんか。私は若僧ですが、私の両親や祖父母は、ただひたすら働いて、祖父はお国のためにと戦争にまで行きました。お国は何をしてくれましたか。貧乏な村だからゴミ捨て場でもやろう。あなたは黙ってゴミの海に沈む村を見ていられますか。

私たちはよけいなことを求めている訳ではありません。この生まれ育った色恋村で子どもや孫と一緒に、ただ普通に暮らしたいだけなのです。政治が変わらなければ私たちの暮らしは変わらない」

花田の話に合わせてウグイス嬢は白い手袋の手を大きく振っている。遠くで鍬を振り回してくれている人。手を休めて聞いてくれている人。花田は確かな手応えを感じたのであった。そんな時、話し終った花田のところへ遠くから歩いて来た人があった。

その男は、花田の目を真っすぐ見詰めて、野良のゴム手袋を外して握手を求めて来た。花田はうれしかった。六十歳少し前だろうか。この村の百姓では若い方である。

「なあ、花田さん。見てくれ、この減反の田んぼを……。この田んぼは村の命令で大金をかけて基盤整備をしたばかりで、俺らの負担金さえもまだ終っとらんのに端から減反やー。正気やと思うかー。この田んぼの工事で津田袋はどんだけ儲けたことか……。なぁ、そんなだらなことが許されるんか。あんたしかおらん。頑張ってくれー」

見渡す限りの田んぼ、しかし、確かに、かなり減反が広がっている。このほ場整備には、田の持ち主ばかりではなくて国からも県からもかなりの税金がつぎ込まれているはずである。それが完成する尻からの減反では、反感を持たれて当然ではないかと花田も思う。

なんでも「二十一世紀型ほ場整備」とかというもので普通の基盤整備よりは、負担金がかなり高く、出来上がった田んぼは巨大で、耕耘機では歯が立たない。老人が手に負えるものではなくなってしまうことから、耕作を専門家に任せて離農して、村を離れる老人が相次いでいるという話を聞いたことがあったのを花田は思い出した。

先祖から受け継いだ田を守る。そんな生き甲斐だけで村に残っていた老人の最後の意地を奪って、専門の農業法人に委託させる。それだけでも大変なのにそこが今度は容赦なく減反に晒される。

「問題は海だけではない」

今の日本を輪切りにしたようなこんな問題はもちろん海だけではない。きっと、人がひしめきあっている都市の持つ問題ともどこかで繋がっているはずである。花田はそう思ったのであった。

その日、選挙カーは山へ山へと登って行った。山で働く人たちにも一度は会っておきたいという花田の考えからである。色恋川にそって上って行くと、松林に出る。山で働く人たちと握手を重ねながら花田は久しぶりに隣町の見えるトンネルの上に辿り着いた。そこで花田は目を疑った。辺り一帯に広がる松林の無惨な立ち枯れに花田は本当にびっくりしたのだ。まともな松の木はただの一本も無い。半分から先は折れて、残った幹も白茶けてしまっている。まるで高山の白樺が雷にでもあって裂けたようである。折れた木が無数に地面に突き刺さっているのだ。

「ひどい!! これは松食い虫ですね」

運転手の問いに花田は答えなかった。松食い虫など農薬を撒きたい人たちの言い分で、中国から来る酸性雨が元凶であることを花田は知っていたのだ。

「ここまでひどいとは……」

絶句するような状況を初めて目にして、花田は改めて、今という時代を噛み締めたのであった。

山からは色恋村が一望に見渡せた。眼下には隣町が、そこから海の方へ色恋村が広がっている。複雑な湾をたくさん持つ美しい色恋村。その先には日本海がどこまでもどこまでも続いていたのであった。

逆襲・犬の診療

一

花田陣営のイケイケムードと対照的で津田袋の陣営はちょっと浮き足立っているように見えた。候補者が犬では盛り上がらない。選挙戦になるとその低調ぶりは誰の目にも明らかであった。

「津田袋光と田岡が喧嘩した」とか「黒崎と津田袋が金のことで揉めている」とかそんな噂が時折聞こえてくる。そんな話を尻目に花田の選対はますます活気づき、勝ち選挙のムードができ上がっていったのであった

その頃、津田袋の選対は確かに意気消沈していた。無名の青年花田の勢いに押されていることは誰の目にも明らかだった。選挙事務所には前助役の田岡幸吉・後援会長の大山信二、大興組の黒崎琢、津田袋光、議会議長の上戸幸一など、そうそうたる面々が集まっている。関係者が帰ってしまった深

夜に内鍵を掛けて極秘の選対会議を開いていた。

「やっぱり犬では無理だったんじゃないですか。このままでは二千票はおろか当選さえも危ぶまれますよ」

こう言いだしたのは後援会（健太会）の会長の大山信二。歯科医師である。

「最初に言いだした人が責任を取ってもらわなきゃあーなりませんなぁ」

「先生、いまさらそんなことをおっしゃっても……」

田岡が戒める。しかし田岡の言葉も元気がない。どこかで後悔があったのかも知れない。

「なんのなんの、仕掛けが効いてくるのはこれからでっせ。中盤と終盤に炸裂するようにいくつもの仕掛けが各方面から入ることになっています」

大興組の黒崎支店長がちょっと元気づけるような口調で答えた。

「仕掛けとは何ですか」

と大山後援会長が食いついた。

「それがわしにもわからんへんのですわ。なにしろ国がらみのプロジェクトでっさかいに、いろいろな者たちが動いとる、ということですわ」

「仕掛けもいいんですけど反対派がばい菌のように増えて行く。なんとかなりませんでしょうかねぇ」

恐る恐る上戸が言った。

「なんとかなりませんかってどういうことやー。方法を考えるのはあんたの方やろう」

田岡も不機嫌だ。

「軍資金がもう少しあれば……」

「金だけの問題ではないでしょう」

すかさず光は強い調子で言い放った。自分の不用意な言葉で険悪な雰囲気になったことを大山はちょっと後悔した。この期に及んでこんな泣き言はもう許されるものではない。勝つのみである。

「直接、花田と有権者が接触する機会を出来るだけ少なくする以外にないと私は思います。それにはどうすればいいかということではありませんかね」

大山は分析してみせた。

「こっちは犬ですから、そりゃ、直接花田に会えば花田が良いと思うのは当たり前ですわなぁ……。こっちは有権者がケンに会っても、犬ですから、こりゃあ村長になってもらいたいと思うようなことなどありませんですわなぁ」

「あっ、そうや！、そこですがな、さすがは後援会長！　良い分析でっせ。ケンでなければならないこと、ケンはただの犬ではありません。ケンの武器を最大限に利用することですがな、その手がありましたわ」

大山の分析に割って入ったのは黒崎である。

「時間を決めてケンに癌の診療をやらせばいかがですかねぇ」

「そうや、そりゃあ面白い。あの谷本のヤブ医者の鼻をあかせてやれますわなぁ」

と大山はうれしそうに相槌をうった。田岡も「なるほど面白い」と思った。上戸に金を取られるばかりが選挙ではない。ケンの能力は広く知られていたが、誰でも自由に無料で診療できるなどということは今まで一度もなかったのだ。

「法には触れませんかな、光さん」

「診療費を取らなければ薬事法には触れません。診療を利益の供与ととられれば選挙法に触れますが、ケンの診療は法的に認められるところまでは行っていませんから、いくらも逃げられます」

その夜、朝八時から九時までと夜七時から八時までの二回、ケンの診療タイムを設けることが決まった。そして新たな軍資金の調達はしばらく様子を見ることになったのであった。

その次の日からケンの診療タイムが鳴り物入りで始まった。彼らの策はぴったり的中！　長い行列が続いて、大盛況であった。

二

ケンの診療所が設置されたのは里町のど真ん中であった。予想通り連日、大賑わいであった。馴れない選挙よりもその方が楽しいのか、不機嫌そうに足ばかり舐《な》めていたケンは水を得た魚のようにイキイキとしていた。反対派の人間も診療所に顔を出しているという噂が中盤にさしかかった花田の選対を不安にしていた。そんな時、花田の選対の中でちょっとした事件が起こった。花田陣営の機密事項が筒抜けになっているという話が舞い込んだのだ。忍者部隊がどこからか仕込んで、塚原がもたらしたものであった。

その日は確かに、朝から調子が変だった。花田の選挙カーの行く所、行く所に津田袋の選挙カーが先回りしている。もちろん健太など乗っていない。

直前に通った津田袋の目を気にしてか、外へ出てくる人が激減した。こちらが距離を置こうと少し時間調整をすると向うも止まって動かない。よく見ると、花田の選挙カーの後からもつけてくる車がある。花田と握手する人をカメラで撮影しているのだ。

何度巻いても、元のルートに戻るとたちまち捉えられてしまう。きっと花田の運行表が津田袋陣営に流れているに違いないと選挙カーに乗っている人にも疑惑が生まれた。

犯人探しが始まった。その日の運行表は毎朝事務所に貼り出される。三日まとめて北島が作っていた。多分貼り出した後をデジタルカメラかなんかで写しているに違いない。

事務所は一応公開の場だとはいえ、顔の知らない人の入ってくる所と仲間が集まるところには仕切りがあって、運行表は仕切りの内側に貼ってある。そこへ来るのは身内だけでそんなに沢山ではない。

その時疑わしい人物が二人いた。漁協の浜口千鶴と谷田良治である。浜口は津田袋大和の姪に当たるし、谷田は大和の実の息子である。二人とも津田袋の身内なのに反対派に属している。しかし、陰でスパイ呼ばわりをする人は多い。山田も、タイムリーに嫌がらせの手紙や無言電話が入ることから、この二人を疑ったことはあるが、べつに根拠のあることではなかった。

花田の陣営のような、地縁にも血縁にも金にも頼らないタイプの候補者は選挙カーが直接支持者を獲得する。その直接の触れ合いが妨害されたら致命的ともいえる打撃を受けるのだ。短い選挙期間だから一日一日が勝負である。

花田との握手をカメラで写された人のところへ、その晩から脅しの電話が入り始めた。あからさまに「花田の選挙カーが来ても表に出るな」と言われるのだ。親戚・町内会長・会社の上司などなど……、脅し主はさまざまだが、一番効果のある人から直接脅しが来る。人間関係をよく掌握している証拠ともいえる。

それなりの繋がりのある人や恩義のある人から直接そこまで言われて、「私が誰の選挙カーに出ようと、あんたの指図は受けない」と言い張れる人など、この村では皆無に近い。

「選挙カーが通っても怖くて表には出られません。出なくても心配せんでください。必ず支持しますから」

そんな連絡があちこちから入ってくるようになった。選対は苛立って、少し殺気だってきたようである。

その日の夜も、恒例の選対会議が開かれた。その日その日の出来事が報告され、次の日の注意事項が伝達される。その夜はケンの診療所とスパイ事件の話で持ち切りだつた。しかし、両方とも有効な対策など、簡単には見つからないのが辛かった。

津田袋陣営とぶつかったら、脇道にそれる。こっちにもカメラを積んで、後をつけている車のナンバーと同乗者を特定する。それくらいしか出来ることがないと思われたのである。

ちょうどそんな時であった。

「先生!! これを見てください。さっき、駅のベンチで見つけたんです」

けたたましい声で事務所に飛び込んで来た人があった。差し出したチラシを手にとった北島の目に次のような文字が飛び込んできた。

「あなたは知っていますか⁉ 津田袋健太は犬です」

大きな見出しが躍っている。怪文書である。

「恥を知ってください。ここまでして、あなたは犬を村長にしたいですか!!」

中見出しの下には写真があった。そこには花田の選挙カーを尾行している車が写っている。車の中の人物が花田と握手している人に的を絞ってカメラを向けている様子が一目で分かる。横顔がバッチリ写った隣の席の運転者にはちゃんと目隠しがほどこされている。狭い村のこと、それでも、どこの誰なのかが容易に特定できるのだ。もちろんそれを承知の上で目隠ししていると思える。

写真の下には「ウオンテッド」とカタカナで書いてあって、車のナンバーが銘記してある。

『この車を見つけたらすぐに警察に連絡を!!

　村民の力で選挙妨害の現行犯を逮捕しましょう』

発行元は「色恋村月光仮面」

良く出来た怪文書に一同ほっとした瞬間であった。誰が作ったかは知らないがこんな有り難いことはない。これが出来るだけたくさんの人の目に触れてくれることを一同願うばかりであった。

次の日の朝、同様の怪文書が続々と事務所に集まってきた。置いてあった場所は、電話ボックス、ゲートボール場のトイレ、色恋公園の自動販売機の横。村役場の前のベンチ、駅の待合室等々……。

これらは夜中にでも置いてくればいいとしても、スーパー、風呂屋、床屋から持って来たという人まであった。そこにいても不自然ではない人でなければ店の主人の目を盗んで置いてくることは難しい。よほど村の事情に詳しい人でなければできない仕事だ。

色恋村全体にバラまかれたこの怪文書はさすがに怖かったのだろう。それからは選挙カーに待ち伏せされることもなくなり、つけ回すカメラもいなくなったのだった。

このチラシには後日談があった。その翌日「ビバ‼　月光仮面」と題した手書きのチラシが色恋高校の前の電話ボックスから見つかったのだ。

「よく書いてくれました」
「あなたは私たちのヒーローです」
「これでこの村に希望が持てます」

などの文字が無造作に並んでいる。高校生がエールを送ってくれたのだろうか。自分たちの知らない所で何かが起こっているのかも知れないと北島は心強かった。

花田の陣営は地道に日に日に支持者を増やして行った。選挙カーから降りてくる運動員の顔はいつも感動で輝いていた。遠くから手を振るお父さん。「花田」と聞いて下駄を片一方突っかけて外に飛び出して来たお母さん。「やっと会えた」と涙ぐむお年寄り、「この村を頼みます」といつまでも握手の手を話さないお爺さん。どの人も言いたいことは唯一つ。「犬が作るゴミ捨て場など止めてほしい」という切実な声であった。

いつ通ってもシラっとしている商店街もようやく、選挙カーが来ると出てくる人がちらほらと見えるようになった。花田が街頭に立つと手を休め、足を止める人が増えてきた。

一方ケンの診療所も盛況であった。具体的に不安を持つ人はもちろんのこと、この際、癌になっていないか調べて単に安心したいという健康診断型の人まで一日何百人も集まってくる。診療器具も病院もいらない。黙って座れば即座に癌がピタリと当たる。こんなに早くて安くて、持ち運びにハンディな便利な機械など絶対につくれない。一人約一分として一時間で六十人。朝と夕方で計二時間、百二十人。それぞれ開始の二時間前から並んでいるというからたいへんなものだ。交通整理をするためにお巡りさんが出る事態であった。

そんな夜、信教寺で総決起集会が行われたのであった。

謀略・胸の底に届く怪

一

総決起集会の日、実は朝からたいへんなことが起こっていた。勝ちムードのただ中で降って湧いた、奇妙な事件。全く知らないままに総決起集会に望んだ人も多かったが、まだ事件の全貌はその時、ほとんどわからなかった。

その日の夕方、総決起大会が始まるまで、風呂屋の倉庫で、忍者部隊のメンバーは時間つぶしをしていた。前日の怪文書が当たりに当たって少し気を良くしていたのかも知れない。

倉庫の隅に尾山が調達して来た印刷機を置いて、風呂屋の忘れ物の洗い桶やら、衣類やらが積み上げてある棚を片付けて、そこには真新しい印刷用紙が置かれている。破れたソファーに廃業した喫茶店のテーブル。なかなか快適なアジトであった。ここに夜な夜な集っているのは塚原、山本、それに尾山の三人。そこへ尾山の紹介したチラシ作りの名人と山本の仲間の通称「忍者」の二人が時折顔を出す。

「忍者」と呼ばれるその男は山本以外は素性を知らなかったが、無線器一つで県内の沢山の仲間とつながれる情報網を持っている情報収集のプロだという。なかなかのメンバーである。「月光仮面パートⅡ」のゲラがもうほとんどでき上がっていた。投票日前日の夜中に、今度は色恋村の全戸に忍者の一行が密かに宅配するのだという。

話はいつしかスパイ事件へと移っていた。「スパイは誰か」という話で三人は盛り上がっていたのである。

「谷田良治ではない。俺はあの男をよく知っているがあの男ではない。けど、浜口千鶴はあやしいぞ。津田袋の自宅から昨日出てくるのを見た者がある」

「昨日は大和の命日だ」

「谷田は選挙が終るまでは津田袋には近づかんと言っておったぞ。あれは大和の息子だぞ!!」

「息子と言うてもなぁ……。あんだけ虐《いじ》められて育てばなぁ。津田袋家など他人よりもかえって遠いかもしれんぞ」

「俺はあの谷田という男はそんなことはせんと思う。ありぁ強情で、なかなかの、いちがい者やぞ」

「いちがい者かぁ」

いちがいというのは方言で、人の性格を表わす時に使う言葉である。言い出したら、てこでも動かない。自説を曲げないというほどの意味がある。スパイなどという手段を使って自己主張をするようなタイプの男ではないということである。

「会社じゃ、もてあましとる、という話もあるがなぁ」

「会社に席があるのは、あれは大和の計らいで、一種の遺産相続なんよ、谷田が結婚した時、遺産分を給料に変えて谷田が死ぬまで払い続けるという契約ができているんだって」

「あんた、なんでそんなこと知ってるんだ⁉」

「あの男と俺はこれの仲間で付き合いが永いぃんだわー」

塚原はこれと言いながら手で竿を操る仕草をしてみせた。塚原と谷田は昔からの釣り仲間なのだという。塚原は一昨年の暮れに帰省したが、高校時代は色恋高校の磯釣り同好会に所属していた。そこで谷田（その頃は津田袋と言っていたが）と一緒だったらしい。それぱかりか谷田の妻もじつは塚原が仲立ちしたのだという。いよいよ結婚という時になって津田袋という名前を嫌って妻の籍に入ってしまったが、その時も塚原が相談に乗っている。

「反対派にも俺が引っ張った。スパイ呼ばわりされても、あいつは絶対に動かん。言われりゃ言われるほど、いちがいに動かんのがあれの性格や、そのうちきっと間に合うことがあるって‼」

尾山はなるほどと思った。

「それにありゃあ、何でか健太とはそりが悪い。俺の顔を見ればさえ吠えると怒っとったことがある」

「癌でもあるんじゃないか」

尾山が混ぜっ返す。

「シッポを立ててウーッと吠えるんやぜ。何でも谷田が蹴っ飛ばしたことがあるのを覚えているらしいと言うておったわ」

「ありぁ浜口とは従弟にあたるけど、ほんとは仲が悪いんだぞ」

尾山と塚原の話を黙って聞いていた山本が割って入った。

「俺も千鶴は危ないと思ってる。あいつから絶対に目を離すな。そのうちになんかやるぞ。けど、今度の件はあいつではない。ありぁ、そんな時間に事務所には顔出せんはずや」

「そうかナマダテかぁ」

漁協の婦人部は朝が稼ぎ時である。生魚を箱に詰めるナマダテが終るのが昼頃になる。朝の八時など事務所には来ない。

二

その時ノックの音がした。入って来たのは山本の友人「忍者」だった。

「たいへんな話を聞き込んだぞ。これでは票が全部逃げてしまう」

声が震えている。

「何があったんか」

一瞬緊張が走った。忍者の少し血の気の引いた顔と引きつった表情が事態の深刻さを想像させるに十分だった。花田陣営の目に見えない裾野が闇の中に引き込まれて行くようだった。

その男の話によると、報道機関の名を語って調査ということで今朝から全戸に電話が入っているという。家族が何人いて、有権者が何人いて、年齢は幾つで、誰が誰に入れるのか細かいことを全部聞いているというのである。

報道機関の名を出されれば信用してしまうのが普通である。疑う人は少ない。忍者と呼ばれるその男は本職はトラックの運転手。無線機一つであっという間に連絡を取り合う仲間が色恋村全体にいるという。

彼は数十名の名前の入ったメモを差し出した。実際電話を受けたと証言した人のリストと聞かれた内容、質問者の特徴がまるで荷受け伝票のようなスタイルで細かく記載してある。

「そりゃあ謀略だ。報道機関が前触れなしにいきなり調査名目で電話することなどあり得ない」

と尾山。

「花田に入れると答えた者は後で全部一本釣りされるぞ」

三人は青ざめた。塚原と尾山が山田の寺に向かったのはそれから間もなく、総決起集会まであと二時間であった。

その頃北島の事務所でも情報が錯綜し、事態が掴めぬままに混乱し始めていた。新聞社に問い合わせるもの、テレビ局に電話するもの、しかし、一向に要領を得なかった。何のことか事態を呑み込めぬままに、総決起集会が始まってしまったのであった。

その日の昼ごろ、山田の寺に宮前文子、前川たみなど漁協の婦人部を中心とする票読みグループが集まっていた。総決起大会までに目安だけはつけておきたいという山田の考えで、この日の票読みは当初からの予定であった。昨晩までの戦況の報告が行なわれた。戦況はほぼ互角。

「ここで互角ということは押され気味ということだなぁ」

山田は考えた。反対派はもともと海町に作られるゴミ捨て場に反対する有志の集まりで、町内単位の細かい組織を持たない。だからきめの細かい集票活動を苦手としている。その典型が不在者投票である。何処の誰が不在者投票の対象者かということを根こそぎ洗い出すには町内単位の組織が機能していなくてはならないのだ。

その組織を使って不在者投票を呼びかけ、世話を焼き、ついでに現金でも配れば確かな票になることは間違いない。津田袋はそれが得意なのだ。「不在者投票の対象者のリストを片手に、現金を持って、日本全国の有権者を選挙前に回り尽くした」などという嘘のような話まで漏れ伝わってくる。事実、色恋村に住民票がある出稼ぎ者の就職先を調べて世話を焼くことなど津田袋陣営にとっては雑作もないことなのである。

それにもう一つ、病院・老人ホームなどの不在者投票がすでに終ったとの報道があった。いわば密室状態での投票だから何が起こっているのか判ったものではない。自分で判断できない認知症の人が大半という特別養護老人ホームも入所者全員の投票がすでに終ってしまっているのである。

残念ながら、これらの投票は花田陣営では勝負にならないのが現状だ。

「あと一日。このまま上り調子を維持できれば、勝てるかも知れない」山田はその時正直そう思った。この結果を北島に知らせて、それから最後の二日間で死力を尽くそう。票読み部隊全員がそう思ったのだつた。

総決起集会にまだ少し時間があったが、宮前も前川も、もう家に帰る余裕はない。そこで夕食を済ませておこうと、山田のすすめで全員で食事にでかけたのである。

入れ違いに血相を変えた塚原と尾山が飛び込んできた。とうとう話ができないままに総決起集会が始まってしまったのであった。

三

その晩、総決起集会が終ってから、緊急会議が開かれた。事態の深刻さを全員が理解するまでに時間はかからなかった。忍者が持って来たメモを詳細に検討しながら対策を探っていく。

「やっぱりこれは謀略に間違いないねぇ」

寝耳に水の山田は自分の知らない所で起こっていた事件の深刻さに寒気がした。

山田も北島も事態を直視せざるを得なかった。K市に本社のある地場新聞の調査が関西なまりの女性だったり、背後に子どもの泣き声がした、玄関のブザーらしき音が聞こえて来た、と証言する人があったり……。普通の報道機関の調査ではあり得ない話である。しかも、調査の対象になっているのは反対派がほとんどであった。

津田袋陣営が、どっちに投票するつもりなのかどうしても掴めないという、読めない人たちのリストを作り、そこを集中攻撃したに違いない。忍者がくれた名前の九割が花田陣営に来るはずの人たちであったのである。

たいした組織力である。明日から凄まじい攻勢に晒されることは間違いない。「脅しに屈しない」有権者一人ひとりの力を、もう、信じるしかなかったのである。

その夜遅く、山町の欽念寺の住職浜本称覚は電話のベルで起こされた。家人は全部寝ている時間である。浜本も布団に入って、うとうとし始めたばかりの頃だった。電話は住職の枕元に一台置いてある。「こんな時間にご門徒の誰かが亡くなったのかなぁ………」そう思って浜本は何気なく電話をとった。

「浜本さん？……決心していただけましたか……例のあの件ですよ……」

浜本は電話の向うの聞き覚えのある声で体が凍り付いた。声を出せないでいると電話の主は畳みかけた。

「ほら……いつぞやにお話ししたでしょう……そう、犬を殺すという……ほら、あれですよ」

「………」

「早く決心してくださいよ、もう残り時間はあまりありませんよ。なに、たのむと一言はっきり言ってくれさえしたら話は終るんです」

「………」

浜本は無言のまま電話を切った。この男の正体がやはり、わからなかった。一緒に逮捕された仲間は五人、どう考えてもその一人とは思えない。一体、その男は味方なのか敵なのか。味方にしては近づき方が不気味だし、敵としたら、ケンを殺して得をすることはない。

しかし自分の昔の事実を知っているのは家族と昔の仲間しかいないはずである。あの時の責任役員も、その弟の、なかったことにしてくれた元警視庁の幹部もすでに故人だ。その親族は誰ももうこの村にはいない。

「あの男は一体誰なのか、何の目的で自分に近づいたのか」浜本は自分の過去を打ち明けることが怖くて、誰に相談することもできなかった。もしあの時、思い切って山田にでも打ち明けていたら……。このまま、あの男にまとわりつかれたらどうしょう……その夜も眠れない夜だった。

翌日の朝、奇妙な噂が選挙に詳しい人たちの間を駆け巡った。「一千票の差で津田袋の勝利」というものだった。津田袋の田岡が昨日の夜、総決起集会が終ってから、ある会合で豪語したのを聞いた人が伝えたという話として広がってきた。

花田の陣営ではそんな話を本気にする人はいなかった。法螺《ほら》を吹いて、勝ち馬に乗りたい人を拾う作戦に違いないと誰もが思った。

「シャラクセィ！　犬に千票も差をつけられて負けてたまるかい‼」

そう言って怒るのは、赤い鉢巻きがトレードマークのあの船団長のお父さんである。今日は鉢巻きだけでは気が済まないのか赤いセーターまで着こんでいる。娘の古いセーターを拾って着ているのだと言う。少し窮屈そうだがいかにもちぐはぐで面白い。赤がこの人の勝負色なのだろう。

選挙事務所にはいろいろな人が集まって来て話に華を咲かせて帰る。さしずめこの船団長は常連の一人である。沖が暇なこの時期に格好な暇つぶしを提供したのかも知れない。その日はケンの診療所の話でもちっきりであった。

「癌を診てもらえるなら、俺も行きたいなぁ」

「行きたかったら遠慮せんと行きゃあどうかね」

「癌を見つける犬に診てもらったら、その犬に投票せんならんというのはどう考えても理屈に合わん。ちゃっかり診てもらって、選挙は花田よ‼」

「そんな犬に村長が勤まるなら、八卦置きのうちの爺ちゃんなんぞはさしずめ総理大臣よ‼」

「あのインコロが勝ったら、患者にはちょっと都合が悪かろうが俺は確実に殺す。犬を殺しても三年もぶち込まれることはないやろう。年寄りの犠牲で村が救われたら、あの世に行ったら閻魔さんから表彰状もんだがよ」

声を殺してそう言い放って、ニマッと笑ったのは「お婆《ばば》」である。潜り一筋、若い頃は素潜りでナンバーワンを誇った名人である。今は「お婆」で通っている。皺くちゃの顔がどんな灰汁《あく》の強いことを言っても帳消しにしてくれるヘンな力のある婆さんである。

「お婆がやるなら俺も協力するぞ」

お婆の昔の恋人と自認しているのが鉄砲撃ちの爺さんだから話がややこしい。彼らの話を真に受けたら津田袋健太は何遍も死ななければ辻褄が合わない。

いつものことなのでこんなギョッとするような話でも、誰も気に留める人はなかった。こんな話が面白くて、暇な人たちが集まってくる。選挙事務所は時折、老人と暇人のサロンと化すことがあった。この日はそんなことよりも選対は昨日の事件の後始末に追われていたのだ。しかし、頭の芯がきりきりするような事件が起こっても、全員が耐えてこられたのはこんな人たちの底なしのパワーがあったからかも知れない。

今日も朝から調査に対する問い合わせの電話が鳴りっぱなしで事務所はパンク状態であった。そこへもう一つ新たな事件が起こったのである。

その日は夕方から雨が降り出していた。選挙事務所で北島と尾山は偽調査の後始末で遅れてしまった組合との打ち合わせに余念がなかった。そこへ山田がやってきた。偽調査の被害の最終結果が知りたくて事務所にやってきたのである。そこへ塚原と山本が入って来た。戸を開けたら雨の音がしたので外は本降りになったのだろう。

山本は前後の話も聞かず、場の空気も読まずに、いきなりテープを差し出した。差し出した手が少し濡れていた。片手でテープレコーダーを握りしめて、車から降りて来たに違いない。

「このテープを聞いてみてくれ、面白いぞ……思ったとおりや」

薄笑いを浮かべたその顔はネズミを捕まえた猫のように得意げだった。山本が差し出したテープレコーダーには女の争うような声が入っていた。聞き覚えのある声がする。誰だろうか、とみんなが思った時、塚原が言った。

「そのうちの一人が浜口なんだって！」

尾山はその日、浜口と凄まじい喧嘩をしたばかりだった。大和の葬儀の日に遺骨を自宅ではなくて庁舎に安置したのは誰の発案かと聞いたら、いきなり怒りだしたのだ。「死んだ大和にケチをつけるのか」とたいへんな剣幕であった。尾山は思い出して気分が悪かった。

「尾山先生、よく聞いてくだっしよ、これ、金配りの段取りの最中のもめ事や！。あそこは三万円なのにうちは二万円なのはおかしいと浜口に文句をいう女がいて、もめているんだわ」

「まさか!!」

尾山は驚いた。

「このテープはどうしたんですか」

「うちの忍者…いや、あの、友人のトラック野郎がさっき持って来たんよ。彼の仲間が車を止めて友達と無線で交信していたら、電話の子機を使ってしゃべっている会話が偶然入ったんだって。あわてて音楽を聞いていたテープで録音したのがこれや‼」

「すぐに警察へ差し出せばどうですか」

と尾山。浜口とは喧嘩したばかりで、面白くないのでいやにシビアだ。

「もちろん、そのまま、そのトラックで警察に乗り込んだんよ、その男は‼

警察はなんて言ったと思いますかね。

『あんた、人の交信を録音したら電波法違反だぞ。覚悟があるんか』

その警察はどうかしとらんか、なぁ……おかしいやろう……電波法よりも、この村長選挙の最中に金配りしとる証拠の方が重大やと思わんか⁉」

警察はさんざん脅して、なんと電波法違反の調書を取り始めた。そこでその男は怒って、テープをひったくって帰って来たのだという。それから「忍者」にこのテープを託したのだろう。情けない警察である。浜口は警察に護られて金配りをするつもりなのだろう。

尾山は浜口の剣幕の訳を理解した。プライドの強い人だから、津田袋陣営に乗り換えてしまったことを正当化する理由が欲しかったのだろう。

「今晩あたり、海町では現金の雨が降るかもしれないぞ」

塚原は今晩から明日にかけてが勝負だと思った。

「今晩は徹夜かも知れないなぁ」

山本もそうつぶやいたのであった。

山田はその夜、信教寺の上がりかまちで刑事と向き合っていた。新聞社の偽調査・嫌がらせの手紙・浜口の金配り、どれも確かなものばかりである。この前に家に来た刑事になんとかできないか聞いてみたかったのだ。

「こんな確かな証拠を持って行っても捜査しないなんて、あんたたちは誰の味方ですかねぇ」

「いえぇ、これだけでは、証拠にはならないんですよ。嫌がらせの手紙にしても、雲を掴むような話で、こんな愉快犯は捜査の対象にはなりません。

それから奇妙なあの調査ですが、報道機関ではないということが判っても、それから先へは進めません。もう少し具体的なことがわからないと……。

それに浜口さんの件ですが、テープというのは証拠能力に乏しいんです。それだけではそれが本人かどうか、それからどんな状況でいつ、誰が録音したのか、本人の申し出だけでは客観的な証明ができないんです」

「それらを調べるのがあなた方の仕事ではありませんかね。そんなものを全部私どもが揃えて提出するのなら、あんたたちは高い給料をもらって何をするんですか。書類を作成するだけの仕事ですかね」

山田は話しているうちに苛立ってきた。こんな人たちに安全と公平を委ねて私たちは何をしているんだろうか。彼らに正義感などというものはないのだろうか。山田は意地悪く脅してやろうと思った。

「犬など当選させたらどうなるかわかっているんでしょうね。選挙が済めば必ずこれは日本中の話題になる。あんたたち警察は日本、いや、世界中の笑い者になりますよ。関係したあなたたちは絶対無事ではすまん。

さしずめ刑事課のあんたは首や、覚悟ありますかねぇ。事態がわかっとったら、もっとやることはあるでしょう。せめて形だけでも少しはこっちに味方して、アリバイぐらい作っておかないとたいへんなことになりますよ」

山田の脅しが効いたのか、「出来るだけのことはしましょう」と言って刑事は帰って行った。

山田は腹立たしかった。不正に振り回され、選挙運動にさえならない毎日がいまいましかった。ただでさえ人数が少ないのに対策で人手が取られることが腹立たしかった。つぎつぎと湧き起こる事件の数々、国家を敵にまわすことの重大さ。底なしの闇に吸い込まれていくような不気味さに山田は気が遠くなる思いだった。

その晩山田は酒を飲んだ。そして食べた物が全部出てしまうまで、吐いて吐き続けたのであった。

決戦・出会いと別れの果て

一

その日、最後の朝が明けた。花田はなぜか清々しかった。もう泣いても笑っても今日一日で終る。悔いのない一日にしようと思った。

選挙カーは八時にスタートする。それまではマイクは使えない。花田は選挙事務所のあるご近所を丁寧に歩いた。五日間という時間を見守ってくれた近所の人たちである。一番先に挨拶がしたかったのだ。みんな暖かい拍手で花田を迎えてくれた。

八時ちょうどに選挙カーにマイクが入った。花田は地元で最後の演説をした。

「僕は勝ちたい。相手が犬だから勝ちたいんではありません。色恋村クリーンプロジェクトなるものに反対だから勝ちたいんです。

この選挙戦で気が遠くなるほどの事件がいくつもありましたが、それらはそのまま、向こうが焦っていることの証拠といえます。『仕掛けた方が実は焦っているんだ』という事実。なぜ焦っているのか。それは思いのほか反対が多いことがわかったからであります。

私たちもゴミを出します。その処理場はどこかに作らなければいけない。それは判ります。しかし、それがなんで色恋村なのか僕にはどうしてもわからない。

ある現職の国会議員はこう言いました。

『ごみやうんこは汚い物だ。動物でも巣の外か端っこに置く。だれも自分の近くには置きたくない。だから色恋村にお願いしたいのです。その代わり、貧乏な色恋村にはお金を差し上げる』

その端っこには僕たちが住んでいるのです。はっきりした記録だけでも室町時代からこの村には僕たちのご先祖が住んでいます。こうまで言われてあなたは喜べますか。居並ぶ村会議員も村長も何も言わなかった。色恋村はいつからこんな村になったのでしょう。

自分たちの都合で犬まで引っぱり出す。こんな村をあなたは誇れますか。ぼくはこの村にプライドを取り戻したい。

選挙戦は泣いても笑っても今日一日です。デマや圧力やお金に振り回されないでください。お金を持って来たら、勇気のある人は突き返して花田の選対に連絡してください。勇気のない人は有り難く受け取って、投票には花田を入れてください。誰に書いたなんて判りませんから……それだけのしたたかさを持ちましょう。そうでないとこの村は変えられない。

どうか最後まで、この花田を!!

みんなの力で、みんなの一票でこの村を変えましょう!!」

終ったら拍手の嵐だった。演説の最後の部分は朝、自宅の郵便受けに入っていた怪文書を手直ししたものだ。同じことでも花田が言えば清々しくなるから不思議だ。伴走者一台をつけて、全員黄の鉢巻きをして、最後の一日が始まったのであった。

選挙カーに乗り込もうとしていた花田を運動員のひとりが引き止めた。ちょっと離れて、家の陰に隠れるようにして演説を聞いている若い女の人を見つけたのだ。その人は子どもを抱いていた。運動員の一人に促されて花田は走った。そして、そっと差し出した花田の手を片手でつかんでその人は言った。

「主人は村役場に勤めています。私は隠れキリシタンのように、そっと自分であなたの運動をしています。こんな私みたいなものも沢山いますから、元気を出して最後まで頑張ってください」

「ありがとうございます」

花田は涙が滲んでくるのがわかった。こんな人が私を支えてくれた。そう思うと無性にうれしかった。

選挙カーの最後の日の日程は午前中は里町と山町の一周。ウグイス嬢も地元の人が乗ってくれている。アナウンスする人は真中、花田と一緒に飛び降りる人は左右。五日間で選挙カーの中もずいぶんと手際が良くなった。人が立ってくれている所を見逃さないのが左右に乗った二人の役目である。手を振る人を見つけては丁寧に止まって降りて、一人ひとり握手をしていく。

「大丈夫や‼　きっと勝っとるぞ‼」

声をかける人の、握手する手にも力が入る。最終盤の最後の一日である。

「花田、花田が最後のお願いにやって参りました」

「花田、花田です」

ウグイス嬢の声にも力がこもる。

山町は山裾に広がる田園地帯が中心である。田に出ている人に、一人ひとり選挙カーから丁寧に声をかけて行く、謀略が渦巻く選対本部に比べて、この選挙カーの中は別世界。人と人の繋がりが掛値無しに交差する場が作り出す感動的なドラマがあった。もちろんそのドラマは選挙という異様な雰囲気の中で生まれるものであることを花田は知っていた。

しかし、候補者は役者の一人として、そのドラマを完結させなければならない。ここでの候補者はあくまでも爽やかに、あくまでも誠実に、あくまでも清潔に。花田はそんな役柄にはぴったり、これ以上の人はいないと思われるほどはまっていた。

棚田の上の方から手を振っていたお爺さんが走り降りてくるのが見えた。運動員に促されて、花田は降りてくる人めがけて走った。棚田の中央で花田はその爺さんと抱き合った。

「ようやく会えたわいねぇ。あんたに一度は会いたかった。毎日田んぼに出とるがに、今日まで会えんかったわいね。

俺らは息子も孫も帰って来ない。年寄り所帯の俺らにとってはあんたが頼りや、あんな犬ころに負けんとがんばらっしか!!」

手の中に入ってしまった小さな爺さんが花田はいとおしかった。

本当は子どもや孫に囲まれた生活がしたかったのだろう。食糧のない時は食糧を、人手がない時は人手を、兵士のいないときは兵士を、時代の要求に黙って応じて来たこんな年寄りが置き去りになってしまった今という時代。

この棚田の村でどっちが残っても、たったひとりで老いて行く最晩年。こんな人たちがキチンと護られなければ日本はその輝きを失うに違いない。

確かに人が溢れる都会で暮らす老人が孫や子に囲まれて暮らしているとは思えない。アパートの一室で孤独死する老人も後を絶たない。しかし、冬は雪で閉ざされる廃屋の並ぶこの村で、ぽつりとひとり家に残された老人の心細さは都会の孤独と比べることは難しい。かつては村に子どもの声が響いていた。そんな頃の記憶が四季おりおりに浮かんでくるだけに辛いのだ。

この都市の問題も村から人が消えるその深刻さも、きっとどこかで繋がっている。色恋村に計画されているゴミ捨て場の問題を辿って行ったらきっと同じところに行き着くに違いない。花田はその時そう思ったのであった。

選挙カーは山町から里町へと移動して行った。この辺りになると、少し広くなった道幅。間隔は遠いが街灯らしきものがあり、時折、店の看板が見えて来て、ちょっと華やいだ雰囲気になってくる。

その時、少しカーブした道の向こうから、こちらに向かってやってくる選挙カーがあった。津田袋陣営である。日の丸の鉢巻きに五台も続く伴走者。車の窓から手を振る赤いヤッケがまるでムカデの足のように車の両側から突き出して動いている。

「つだーぶくろけんたぁー・つだーぶくろけんたぁー・つだーぶくろけんたぁーをよろしく、よろしくおねがいしまーす」

最終日にしてはいやに間延びした中年のおっ母さんの声が聞こえてくる。さすがに今日は健太が乗っている。

「花田ー候補の健闘をお祈りしまーすー」

すれ違い様にエールを送られた。

「健太さんもどうぞがんばってください。こちらは花田・花田でございます。花田武が最後のお願いにやって参りました」

花田陣営のうぐいす嬢が最終日の高いトーンでエールの交換をしたとたん、一瞬その場の空気を変えてしまう事態が起こった。その若い声と健太の波長が合ったのか、健太はその花田陣営の声に反応して遠吠えを始めてしまったのだ。だんだん遠ざかりながらも、いつまでも続く遠吠えを聞きながら花田は無性にケンが哀れだった。ケンは決して望んでいないに違いない。自分たちの目的のためなら、何でも利用する。花田は心底怒りが湧き上がってきた。そして、その伴走車の一台に浜口千鶴の姿があったのをしっかりと花田は視認したのであった。

里町に入るとすぐのところに選挙事務所がある。まだ田畑が少し残っているあたりだ。海には少し遠いとはいえ、ここまで降りてくると潮の香がしてくる。爽やかな春の日であった。しかし、今日ばかりは春の日を楽しむ余裕などはなかった。最後のお願いに声を絞る。

選挙事務所の前を通り越して少し進むと花田の家があった。百メートルほどしか離れていない。里町を一回りして事務所で最後の昼食をとることになっていた。

里町の反応もずいぶんと良くなった。少なくとも半数以上の家が選挙カーが来ると出て来てくれるようになっていたのである。この里町の反応はひとつのバロメーターであった。商売人は勝ち馬に乗りたい。勝ち目のある候補が来ると出てくるか、もしくは誰が来ても出るか、または誰が来ても出ないかのどっちかである。この里町の反応がより良い方の候補者が勝つ。これがジンクスである。しかし、今回のような選挙はちょっと勝手が違う。花田はわからなかった。圧倒的な熱い支持もない代わりに、冷たい視線もとても少なくなった。これをどう読むのか最後まで見当がつかない。商人のこころは探り難いと花田は感じていた。そんな中を花田陣営の最終日の絶叫が通り過ぎて行く。

その時だった。花田の声に誘われるようにして選挙カーに近づいてくる人があった。菓子屋の主人のようである。

「なんかしてあげたいと思っていたんだけど、チャンスがなくてね……これみんなで食べて下さい。差し入れです。あげようと思って待っていたんです。表には出んけど花田派の人は沢山います。俺が中心になって票を拾っているから心配しないで……」

誠実そうな菓子屋のお父さん。隠れる訳でもなく、人目を憚《はばか》るわけでもなく、自然に近づいて来て、自然に去って行く、その後ろ姿がとてもすてきで印象深かった。

里町の反応も考えるほど悪くもないかも知れない。花田はそう思った。

最後の昼食が始まった。緊張した中でも、少し華やかな気分があった。「票取りマシーン」という別名がある、あの宮前文子率いる票取り軍団も、今日は事務所に顔を出していた。浜口千鶴が漁協関係にバラまいた金は二百万円ばかり、そのうち票になったのは三十五票、これが宮前たちの昨夜の読みであった。

その三十五票をどこから取り返すのか。宮前と前川は事務所にいる全員に三票ずつの上積みを命じた。

「犬ころに勝つためなら、そんだけのことはせにゃならん。みんなわかったかぁ」

前川の濁声に逆らうものはなかった。

そこで北島事務局長が午後の日程を確認した。選挙カーはこれから海町に出発する。海町を回ってから漁協に集合、漁協前から選挙事務所の前までの三キロをゆっくりと歩く。これが最後の段取りであった。

海町でちょっとした小競り合いがあった。選挙カーが浜口の家の前を通りかかった時、外で誰かと話をしていたらしい千鶴が花田の選挙カーが近づいたのを知って家の中へ飛んで入ったのだ。朝は津田袋の選挙カーに乗っていたのを目撃されてしまっている。見つけた花田陣営は黙っちゃいない。伴走車からたちまち男たちが飛び降りた。

「金を撒くのは止めろ!!」

「裏切り者め!!」

「どうせお前はヅタブクロの一族や。犬を村長にしたいのか!!」

「漁協の組合長なんぞ、もう、続けられんぞー、父ちゃんに言うとけ!!」

「恥を知れ!!」

口々にののしったのだ。花田が選挙カーから飛び降りて来て止めさせるまで、それは続いたのであった。

漁協前に集合した時、選挙カーから降りて来た人たちはまだちょっと興奮していた。その興奮が適度な刺激で、とても良い雰囲気で行進はスタートした。運動に関わっている人はこの時ばかりは全員集合。思い思いの場所から合流する。花田武を先頭にしてゆっくりと歩き始めた。選挙カーは最後尾から花田を連呼しながら、ついて行く。

それはちょっとしたお祭りであった。沿道の人はほとんど全員が家から飛び出して来て、花田にエールを贈る。もう怖がって隠れている人などは誰もいない。花田はそう感じた。家の前で花田を待つ人たちの中にも、合流して一緒に歩き始める人までであった。

行列が海町から出て里町に入っても勢いは止まらない。里町の中ほどでなんと津田袋の陣営の行列と花田は鉢合わせをしてしまった。今日はこれで二度目の遭遇である。健太にタスキを掛けて田岡が五色の綱を持つ。もちろん花田と同じく健太も先頭を歩いている。花田と健太の距離がだんだん詰まって来て、あわや‼ 誰もが一瞬固唾をのんだ。その時だった。なんと、津田袋一行は脇道に入って行ってしまったのだ。花田の勢いに押されているように見えた。これは考えられないことである。

「これはひょっとして勝ったのでは⁉」

そう思った人があってもおかしくはない。ようやく手掛かりが掴めた程度の朝の里町とは打って変わった雰囲気であった。そんな勢いのまま事務所までたどり着いたら終了時間ぎりぎりであった。

最後にマイクを握って全員にあと三票の掘り起こしを呼びかけた北島も、明日の投票箱が閉まるまで、まだ投票に行っていない人に声をかけ続けることをお願いした幹事長山田も、老体にむち打って要所要所に出て来て締めた後援会長谷本隆先生も長い選挙戦を振り返って感無量だった。

最後に花田が勝利を誓い、宮前文子と前川たみが「頑張ろう」の音頭を取って終了した。事務所の前は身動き出来ない人で溢れていたのであった。

二

風呂屋の倉庫で忍者が山本を探していた。山本がどうしても見つからないので塚原が話を聞くことになった。村の各地で金が動いているという情報と投票箱が狙われるという、一見荒唐無稽の話を持って来たのである。

「金の話はたいへんなことだがまだ理解できるとして、投票箱は……」

さすがの塚原も頭を抱えた。ちょうど同じ頃、山田も寺に帰るや否や、そんな話を持つてやって来た人があった。投票箱のすり替えは津田袋陣営のお家芸で、負けそうになるとそのたびに何度も行なって来たことだというのである。なんでも、村役場には同じ番号の投票箱が複数あって、それぞれの投票箱の投票数が確定した後に同じ数の津田袋票を詰めた投票箱を持って出て、山道ですり替えるというものであった。津田袋陣営でこの仕事に手を汚したことのある人物からの忠告ということになっている。無視することのできない話ではある。

事務所に戻った山田を北島が待ち受けていた。そこへ塚原がやってくる。事務所にはまだかなりの人たちが残っていた。

「自主選管を作りましょうよ」

言い出したのはなんと谷田良治、津田袋大和の実の息子である。津田袋の家にいる時にそんな話を聞いたことがある。用心するに越したことはないと言い張ったのである。谷田の披露した手口は山田の聞いた話とほぼ同じであった。

彼の証言はやはり重かった。そんなことがあったのかもしれないと思わせるのに十分だった。半信半疑の山田も塚原も対策を講じざるを得なくなったのであった。そこで急きょ自主選管を結成することにしたのであった。

二人一組で希望者を募り、腕には自主選管の腕章をはめて、カメラを持ち、投票箱が投票場を出てから開票場に着くまでを車で追っかけて監視するというものであった。それ以外にさしずめ、できそうなことは誰も思いつかなかった。

金のばらまきの方も、おおいに考えられることだが、どうすればいいのか、これも対策は難しい。夜、闇に乗じて郵便受けに金を投げ込んで行くような、そんな昔のような乱暴なことが今行なわれているとは考え難い。さすがに宮前も前川も、もううんざりだった。昨夜危なそうな家に一軒ずつ確認の電話をかけて雰囲気を確かめながら実害のほどを掴んだばかり、整理を終えたら夜更けだったのだ。同じことをもう一度繰り返すのだろうか。たとえ被害がわかったところで、今からならばもうできることはほとんどない。金を撒かさせない。とにかく水際で止めるしかもう方法はないのだ。

効果の程はわからないが色恋村全体に深夜まで車をうろうろ走らせて警戒すればどうかということに決定した。それくらいしか思いつくことはなかったのだ。投票日前日の高揚感もあってか、全員が喜々として、事態の収拾に奔走したのであった。

こんな時にいつも先導する山本が見えなかった。山田は塚原に聞いたが「知らない」という。何かあったのかも知れない。ちょっと気にしながら山田は再び家に帰ったのであった。

家に帰った山田は意外な客が玄関で待ち受けているのを見つけて驚いた。風呂屋の松つぁんこと山本松雄である。事務所にはいないはずだ。立ち話できる雰囲気ではない。山田は座敷に誘って話を聞くことにした。

「不肖、山本松雄。風呂屋を止めようと思いたちまして……ご相談にお伺い致しました」

山本は座るやいなや居ずまいを正して、改まった口調でいきなり切り出した。薮から棒の話に山田はビックリした。何かあったことは間違いない。

「今、あっちの陣営の田岡に会って来たんです」

「田岡に⁉」

山田は驚いた。何があったのだろうか。

「八時過ぎに、そう、打ち上げの後です。知り合いの家に届け物があるから行ったんです。ええ、仕事上のことだったんで、あらかじめ連絡して行きました。そしたらそこへ田岡が入ってきたんです。『山本さん。運動から手を引いてくれ』いきなりこう言われたんです」

まさか、はいはい、などというはずはない。

「それで⁉」

山田は聞いた。

「もちろん即座に断りましたが……」

山本の話によると、色恋村クリーンプロジェクトが動き出せばすぐに村に大金が落ちるので、海町の空き地に大きな健康ランドを造る予定である。そうなると風呂屋には多大な迷惑をかけることになる。そこで相談なのだが、風呂屋を止めて健康ランドの支配人になってほしい。そうすれば迷惑はかけないから、ついては反対運動を止めてもらいたい。ということらしい。

「それでその話に乗ったのかね」

風呂屋を止めるということはその話に乗ったということだろうか。

「いえ、とんでもない。海町の空き地に健康ランドができれば空き地と反対側にある海町の風呂屋よりも山町と海町の堺にある、うちが位置的に一番影響を受けます。どのみち風呂屋は続けられません。もともと祖父と親父の始めた商売です。最近、風呂屋は斜陽なんでそのうち商売替えをしようと思っていたんです」

「で、何に商売替えを……」

「スナックです。その方が性に会っているので……。

いえ、もともと女房とここに帰ってくる時には、風呂屋は先が見えているので、そのうちスナックをやろうという話になっていたんです。ただ、こんな話が出た以上、これから、いろいろな所で話題になると思うので、まず、本当のことを山田さんにだけは知っておいてもらいたいと思いまして……」

この男ならスナック経営は天職に違いない。その方がいいとは思う。でも田岡に脅されて、というのが山田は気に入らなかった。

「いえ、すぐにどうこうしようと言うことではありません。健康ランドができるタイミングを見計って一気に商売替えをします。津田袋一族に虐められた結果であると判れば、同情して客も増えようと言うもの」

「転んでもただ起きない」というのはこの男のことだと山田は思った。山田が気に食わぬと思うところも彼は「お構いなし」しっかり商売にしている。

「ところで健康ランドはいつできるのかねぇ。選挙に津田袋が勝てばということでしょう。大した余裕だねぇー」

山田は誰に言うともなくつぶやいた。

「それがね、聞いてくださいよ。五百票差で津田袋の勝ちということらしいですよ」

千票差がその半分に縮まったのだろうか。山田はなんとなく嫌な気分だった。

「なーに、どうせハッタリでっせ」

言いながら山本は思った。選挙に勝っても負けても、彼らは健康ランドを作るに違いない。負けてもお国が付いているのだ。すんなり諦めるとは思えない。何が始まるか、わかったものではない。これからが本当の正念場なのだ。

その頃、風呂屋のアジトにはいつものメンバーが集まっていた。

「負けたかも知れない」というのが忍者の読みであった。忍者の仲間たちは色恋村の隅々までの情報に通じている。商工会議所・下請けの各土建業・各種団体、それらのどこも花田についていない。どれかひとつでも割ってくるだけの政治に関わるプロがいない。そんな選挙で勝てるわけがないというのが忍者の意見であった。

「あの、最後の盛り上がりを見たら負けるなんぞあり得ないなぁ」

尾山は負けたという気がしなかった。さっきの熱気は今もまだ残っている。これだけの人たちが外に出て来てくれたのに対して津田袋は初日の元気はどこへやら、これでは花田が勝ったと思っても不思議ではなかった。

「あんたはところで何者なのかね」

選挙の分析をする時の語り口を聞いていて並の男ではないと思った尾山は「忍者」に向かって思わず聞いてしまったのだ。

「俺かぁー……」

「津田袋、いや、田岡に人生を狂わされた男やーなぁ……」

いつの間に入って来たのか、山本松雄が答えた。津田袋体制を潰すためなら何でもすると覚悟を決めている男なのだという。よほどのことがあったのだろう。

塚原は高校の頃に色恋村始まって以来という疑獄事件があったのを思い出した。その責任者として詰め腹を切らされた課長がいたという話を聞いたことがあった。しかしそれ以上の素性がここで具体的に語られることはなかった。狭い村のこと、その気になったら幾らも知ることができるに違いない。

忍者と呼ばれている男の現在の職業は県内だけをくまなく回る、県内専門の宅配便の関係者らしい。忍者の率いる軍団は動機はそれぞれ違っていても、何らかの事情で津田袋一族に対して何がしかの反感を持っている者の集まりなのだという。

「いくらなんでも、勝ったと俺も思うぞ」

忍者の分析は気にはなったが、塚原も負けた気がしなかった。

「そうや、明日は祝杯や……」

山本も力を込めた。

「あんたらっちゃ犬を殺すことを一度も誰も考えたことないんか‼」

突然忍者が唐突に言った。塚原も山本も尾山も驚いて忍者の顔を見た。

その時だった。忍者の携帯用の無線器がコールナンバーを雑音とともに繰り返した。

「ええっ⁉　金かぁー」

忍者は無線器を耳に当てながら外に出て行った。携帯電話が出て来ても、未だに無線器を手放せない人たちがいるのだという。

「また、金が動いとるぞ!! 今度は全く違うグループや、『お布施作戦』と名前をつけて、海町で大金が動いとるという情報や。指図している者は保険の勧誘を仕事にしとるということやー、コンチクショウ」

忍者は部屋に戻って来て、そう言い残して、出て行ってしまった。

「たいへんな情報網やなぁ」

塚原は感心したように言った。

「それにしてもびっくりしたなぁ……。犬を殺すと言うた時のあの顔は背筋がゾクッとするほど真剣だったぞぉ」

山本は忍者の目の奥が光っていたのを見逃さなかった。

「あいつら大丈夫かなぁ」

塚原もちょっと感じた殺気にこだわっていた。

「あいつらなら何をやってもおかしくない。津田袋への恨みを考えたら刑務所の三年や五年、屁でもない。そんなやつらや……」

「…………」

「しかし……、それも面白いでないかい」

山本は考えながら、それでも空気を変えるような調子で言った。

「そうや、たかが犬一匹、誰かに殺《や》ってもらうのも面白いかもなぁ」

塚原が同調する。彼らには深刻という単語がないのだ。

「そんな話はお婆の冗談かと思っていたら、本気に考える人もあるんですねぇ」

尾山のちょっと間伸びしたような口調がなんとなく場にそぐわなかった。

「お婆やて、あの鉄砲討ちの爺さんやて、いざとなったらわからんぞ先生。娑婆《しゃば》とはそんなとこや―、ここまで来たら何が起こってもおかしくはない。そんでもね。先生。俺たちは体を張ってでも先生には迷惑はかけん。ややこしくなったら俺らに任してくれ」

山本の言葉はちょっと大げさだったが尾山は正直うれしかった。

「健太を殺すとなると谷田良治も危ないぞ。あれもやりかねん。津田袋の家に自由に出入りできるのが何よりも武器や。『俺が殺せばみんな終る』と言うとるのを聞いたことがあるぞ。俺が『だらかお前は―、そんなこと考える暇に票をひろえ』と笑ったら、『お前は津田袋の怖さを知らん』と本気で怒ったぞ―……なにしろあいつは『いちがい』やからな―」

塚原は言った。

「しかし……、勝てばそんなことは関係ない。まだ投票箱には一票も入っとらん。必ず勝つ‼」

「そうや―勝つ」

塚原も山本も正直言って「勝算」は六割だった。

その頃、選挙事務所では北島が最後の仕事、投票箱の監視作業の準備に余念がなかった。手伝っているのは里町西福寺の若い住職、杉本慶裕だった。彼は選挙の前哨戦で花田陣営に場所を提供したばかりに門徒総代から突き上げられて、以来、人が居なくなってから、北島の手作業を時々手伝う外は事務所にも顔を出せなくなってしまっていた。

「勝つかも知れない」そんな期待が若い杉本を勇気づけていて、今日は少し元気だった。

最後の打ち上げが終った後、選挙事務所に集まって来ていた面々は勝利を信じて疑わなかった。あの熱気を見れば、勝つと思ってもおかしくはない。どの顔も自信に満ちあふれていた。これでゴミの海に沈む村が助かったと涙を流す人たちさえあったのである。

しかし、選挙に深く関わっている人には一抹の不安があった。票読みグループは、選挙が終ったような事務所の雰囲気にかなりの危機感を持った。金が撒かれるという噂や投票箱がすり替えられるという話で、今も緊急対策を話し合ったばかり、勝ったような気分になれるという状況ではなかった。あまり遅くなるとお願いの電話を掛ける最後のチャンスを失うのだ。前川と宮前のこわばった表情に我に帰ったように一人また一人と帰って行った。

「私は票をもらいに行く所など、もうありませんから……」

杉本はそう言いながら北島の仕事を手伝い始めた。もちろん杉本もこっそりとお願いできる所は全部頼んでしまっていた。これ以上やみくもに門徒の家に電話などして、それが知れるとまた大変なことになる。北島も、そんな杉本の状況を察して、明日の用意を手伝ってもらうことにしたのである。

「勝ちますかねぇ……」

そんな杉本の不安は北島の不安でもあった。

その時、事務所のガラス戸を叩く音がする。誰だろうと振り向くと新聞記者が入って来た。いつぞやの議会報告会に反対派から吊るし上げられていたあの記者である。

「何の用事ですか」

北島は素っ気なく聞いた。唯の一度も健太が犬である事実を報道しない。綱を持つ田岡しか読者には判らないのだ。北島はそんな報道機関など相手にする気もしなかった。確かに、立候補してしまったのだから「誹謗中傷に当たると判断されることは避けたい」という気持はわからんではないが、報道機関は自分たちのような当事者ではないのだ。健太がタスキを掛けて白い花をつけている写真くらい何食わぬ顔で載せればどうかと思う。ジャーナリストなら、どこまでできるか、歯ぎしりしながら、ギリギリまでやってみるという根性があって当たり前である。悔しいとも思わないという神経が北島は理解できなかった。

「様子はどうですか」

勝ちそうなら、報道に手心を加えないと大変なことになる。そう思って、様子を探りに来たのかも知れない。

「あんたはどう思うね」

逆に聞いてやった。

「それが互角で本当にわからないんです」

「…………」

「北島先生、おっしゃりたいことは充分わかりますよ。うちの社でもK市から応援に派遣された若い記者が、怒ってデスクと喧嘩して今朝、辞表を叩きつけて辞めましたよ。でもねぇ、大興組はうちの大手スポンサーで、メインバンクとも繋がっているし、うちらでは逆らえんのですわ。私やって若かったら辞めまっせ。でもこの年齢でどうしますっ‼　どうせ代わりが来るだけですから……どうか察して、勘弁してくださいよ」

北島とてわからない訳ではないが、それでも口をきく気がしなかった。相手にならなかったら、いつの間にかこそこそと帰って行った。

北島は事務局長として、勝った場合・負けた場合、今後の運動の展開を考えながら期待と不安の中で最後の夜を過ごしたのであった。

ワン・ポイント村長

一

「健太さんの当選を祝して只今から万歳を三唱しますので皆さん、どうかご唱和のほどを」

満面の笑みを浮かべて万歳の音頭を執るのは歯科医師で後援会〈健太会〉の会長の大山信二であった。いつもの紺色のブレザーで金ボタン。しかし、今日はワイシャツの第一ボタンを外して首には絹のアスコットタイを巻いている。とびっきりのおしゃれをして来たのだろうか、その上からもう一度、ループタイをしているのが何とも、ちぐはぐで面白い。

「バンザーイ・バンザーイ・バンザーイ」

健太も一緒にうなり声を挙げる。それはなんとも不思議な光景だった。

会場は村役場の隣の選挙事務所である。バンザイの終った事務所ではお祝いに駆けつけた客でごった返していた。商工会議所の会頭。青年会議所の理事長。ライオンズクラブの会長。区長会長。遺族会会長。それから耕地組を筆頭にしてその下請けの社長連中などなどー。村の中のおよそ長の付く人は全部集まったといっても過言ではないかもしれない。

そうしているうちに大興組の黒崎琢が大きな花束を部下に持たせて、揉み手をしてやって来た。

「本当におめでたいことで……。これで耕地組も安泰ということですなぁ」

ひな壇に並ぶのは健太の綱を持つ田岡を真ん中にして、大山、それに浜口千鶴と村会議員の面々であった。津田袋光は会場になっている選挙事務所の入り口に立って緊張した面持ちで目を光らせている。村役場の総務課職員、事実上の総務課長として村を取り仕切る身としてはそれ以上の場所に出ることはできない。

お祝い客の中でもちょっと悲惨だったのはK市や近隣の自治体からやってきた人たちだった。津田袋健太という名前があの天才犬「ケン」の候補者名とは知らなかったのだ。健太は津田袋大和の子か孫だと思っていた。言い替えれば、つまり村長の当選者が犬であることを全く知らなかったのだ。

どの人も誰に挨拶していいか判らずけげんな顔をしながら、結局田岡に挨拶して、最後まで首を傾げながら……ほんとうに気の毒なことだが、不可解な表情のまま帰って行ったのであった。

「ああ、良かった、良かった!!」

そんな中で何度も何度も「良かった」を連発する議会議長、上戸幸一を苦々しく見ていたのは田岡であった。事実、上戸は本当に安堵していたと思う。田岡が手渡した買収費五百万円の約半分を上戸が自分の懐に入れたことを田岡は知っていたのだ。この選挙で上戸は都合四百万円は下らない実入りがあったはずである。

アヒルのようにお尻を振りながら愛嬌を振りまく上戸を田岡は心底いまいましく思いながらも自分の助役復帰までは、上戸には議会議長としてまだまだしてもらわなければならないことがあるので、手出しができないことが腹立たしかったのである。

だいたい四百九十四票差というのが気に入らなかった。最後に読んだ五百票さえも割り込んでいる。せめて千票差まではと最後の日にてこ入れした約一千万円も、どれだけの効果があったものか。金は一体どこへ消えたのか。そんな目で見ると、さる団体の長など怪しいものだと思った。選挙の後には家を繕ったり、家族旅行に行ったり、今回もきっと何がしかの動きがあるに違いない。

ほとぼりが冷めてから、絶対にはっきりさせなければならない！と田岡は集まった人々の中で、金を渡した人たちを目で追っていたのである。

光は光で危機感を持っていた。健太が当選してみると、村政は事実上、田岡に握られてしまうのではないか。今日の大舞台で、まるで自分が村長になったように振る舞っている田岡が光は気になり始めていたのだ。

祖父大和が生きているのと死んだのとでは田岡の存在感がずいぶんと違ってくるにちがいない。自分が村長になるまでの一年たらずの間に田岡がへんな野心を持たないかどうか。しばらくは耕地組に帰って社長業をと思っていた光は「ひょっとしたらそれは危険かも知れない」と思い始めていた。ちょっと無理をしても早めに弟を呼び寄せて会社を任せ、自分は役場の中からしっかりと田岡を監視しなければならないかもしれないと気を引き締めたのであった。

その後・巨大な力学が動く

一

その夜半、山田と浜本は青ざめた表情で信教寺の奥座敷で向かい合っていた。

「それは困ったことになりましたなぁ」

「確かに、この目で見たんです」

「このことは誰にも口外しないでください、浜本さん。北島さんや尾山さんには私から折りをみて話しましょう」

健太の当選が確定してから、花田の演説を聞いた浜本は悔しかった。犬に負けたという事実を認め、一人ひとりをねぎらい、新たな出発を誓った。堂々としていて、この男にこそ村長をしてもらいたかったと心底悔しかった。みんな泣いている。「この村は終った‼」と怒りをぶちまける漁師さんたちを見ていたらやりきれなかった。それから浜本は寺に帰ってやけ酒を飲んだ。その時、家人から封筒を渡された。つい先ほど、男の人が尋ねて来て、住職に渡すようにと頼まれたという。家人は「住職なら、今しがた帰りましたが」と伝えたけれども、渡してもらえば分かると言ってその男は帰ったと言う。その人相から、もしやと思い、慌てて封筒を開けてみると中から簡単な走り書きが出て来た。

「とうとう健太の当選が確定しましたね。あなたの過去に関して、昔の友人としてあなたを守るために手渡したい物があります。午前零時に色恋公園の入り口のベンチまで来てください」

時計を見たらまだ充分間に合う時間だった。しかし、ここ数日、眠れないほど苦しめられていた恐怖感を思うと、考えるのも、思い出すのも嫌な相手だった。「無視しよう」と決めたが、理性に感情がついていかない。その男が自分に「手渡したい」という物が一体何なのか、無性に気がかりだったのだ。一分おきに落ち着かなく時計を見ているうちに、少しずつ気が変わって行った。勝負は終ってしまったのだ。そんなちょっと緩んだ緊張感が臆病で用心深い浜本を最終的に深夜の公園へと向かわせたのかも知れない。

公園へ行くには津田袋の裏口の前を通らなければならない。ちょっと気になったがどんな様子か暗闇に乗じて覗いてみたいという気もあった。今から思えば、少し酒に酔っていたのかも知れないと思う。山町といっても浜本の寺は裏道を抜けると色恋公園へは自転車で数分の距離である。まだ間に合う時間である。浜本は自転車に乗ってとうとう出かけてしまったのだ。

津田袋の家の裏口の前を通ったのが午前零時に十分ほど前だった。誰かが閉め忘れたのか裏木戸が開いていて、犬小屋にはまだ電気が点いていた。しかしその外はいつもの夜と変わらない静かな津田袋の裏口だった。いくら村長になったからといって、犬は犬。健太が酒を飲むわけではない。健太は人間の思惑をよそにぐっすりと眠っているに違いない。そう思って裏木戸を通り過ぎたその時だった。いきなりガラスの割れる音に驚いて振り返ると開いている裏木戸から人が走り出て来た。

中に少しはいって身を乗り出して覗いてみると健太が血を流して倒れているではないか。

浜本は自分の目を疑った。事態が呑み込めたとたん、体が強ばって動けない。健太の血が流れたコンクリートの床だけがいやに目に映った。小さなシミや穴まで、まるで拡大鏡でも覗いているようにくっきりといつまでも目に映っている。大変なことに巻き込まれたのかも知れない。その時犬小屋の横で何かが光ったような気がした。その気配で我に返った浜本は逃げなければと気がついた。その間、ここで何分ほど居合わせたのか。長かったのかも知れないし、あるいはほんの数秒だったのかも知れない。ようやく表に出るや一目散ー。公園には行かずに、あわてて自坊に戻ってしまったのだ。家に着くなり電話が鳴った。

「さすがは浜本さん、やはり、やりましたねぇ。あなたの経歴なら、それくらいのことは当然です」

「何を言ってんですか。私ではありませんよ!!」

「これで覚悟は決まったでしょう。この書類は預かっておきます」

浜本はもう欲も得も計算もなかった。そのまま、もう一度自坊を飛び出して山田の寺へ飛び込んだのだった。


「時間も時間だけどたいへんな話なので、やはり、今、二人を呼びましょうか。いや、山本さんと塚原さんにも来てもらった方がいいかも知れない。今聞いた浜本さんの昔の話は私に任せてください。あなたはただ通りかかっただけということにしておきましょう。それで異存はないですね」

「はい……」

浜本が抱えている過去にまつわる話まで全部さらけ出すことは山田にもちよっと躊躇があった。したがって、大事な要素を一つ隠して話を進めるので、犯人を割り出す話にはなり得ないが、今後のことと、浜本が疑われる可能性があるということについてだけは対策が講じられるかも知れない。それだけでも意味があると山田は思った。

山田の招集を受けて、事態の重要さのせいか深夜にもかかわらず、全員が集まるのに時間はかからなかったのである。みんな少し青ざめていたが、しかし、どこか落ち着いていて、なかにはほっとした表情をしている者さえあった。

「あんたら何でそんなうっとおしい顔してるんかわからん。選挙で負けた相手が死ぬなんて、こりゃあ、人には言えんけど、祝杯じゃあないかねぇ。本音とはこういうもんじゃないかい」

「そうや、考えてみたら、たかが犬一匹、こうならなかったことがおかしい。なるようになったと考えるべきではないかと思うがねぇ」

「そうや、これで犬が村長になって、この村が牛耳られることだけはなくなったんだから。前向きに考えたらどうかね」

山本と塚原は相変わらず現実的である。

「浜本さんが疑われることだけは避けなければなりません」

山田は強い調子で二人に割って入った。

「そうや、俺たちさえ無関係なら願ってもない事態や」

言いながら塚原は谷田に違いないと思っていた。津田袋の裏口に入って電気をつけられるのは谷田しかいない。

山本は忍者のグループに違いないと思っていた。

その日の深夜、負けた選挙事務所で泣く漁師のおっ母さん、黙ってうずくまる若い子らを慰めながら、やりきれなかった山本は、やけ酒でも飲もうと選挙事務所から帰る時にちょっと寄り道をした。その帰りに、ちょうど津田袋の家のある通りを通ったのだ。裏口が開いていて、犬小屋の電気が付けっぱなしになっているのを山本は知っていた。家に帰るや、ちょうど用事があったので忍者に電話したついでに冗談半分に「殺すなら今だぞ」とけしかけたのである。

北島はお婆とその仲間に違いないと思っていた。負けが決まってから、事務所の隅でこそこそと物騒な話をしているのを聞いていたのである。

もちろん山田と浜本は、あの謎の男に違いないと思っていた。浜本を誘い出すその執拗な手口には目的があったと思うのが普通である。

浜本が犯人に仕立てられないか、証拠写真でも撮られていないか気になるところである。しかし、いざとなったらあの呼び出しのメモがあれば疑いを晴らすことができるかもしれない。しかし、メモ切れ一枚など、どの程度の説得力があるか疑問ではある。浜本の過去を警察に晒すことになるのも面倒な話である。

「ところでこの事態を警察に知らせるかどうかですが……皆さんの考えは……」

山田が聞いた。ここが一番大切な所である。

「そんなもん放っとけ‼、ばかばかしい、人間じゃああるまいし、たかだか犬一匹だろうがね‼」

「そうや、今届けたら、俺らがやりましたとわざわざ言いに行くようなもんや」

山本と塚原はお互いの意見に相槌をうったが、山田は少し心配だった。

「いくら犬でも惨殺された訳ですから……それも、今の健太は村長ですからね」

「ところで浜本さん。浜本さんが覗いたのを目撃されたという心配はありませんかね」

北島が聞いた。あの謎の男に目撃されたことは間違いない。あの男と津田袋との関係がわからない以上なんとも答えられないが、犬小屋のある裏木戸の近くには家人が住んでいる気配はなかった。覗き込むまでは浜本もよく覚えている。物音を聞いて人が出て来たとか、部屋に電気が点いたという変化はなかったはずである。しかし気が動転してしまった後では誰かに写真を撮られたかどうかなど浜本には分からなかった。何かが光ったような気がしたが確かな記憶ではない。ここでは否定しておく以外はない。

「あの犬小屋は家族が住んでいる所と離れていますよ。それに公園があるだけで付近に家はありません」

浜本が考えながら首を横に振るのと、塚原の言葉とほとんど同時だった。

「いやぁー、弁護士として申し上げますと、やはり夜が明けたら届ければと思いますけどねぇ。もし、裏木戸から指紋でも出ればいきなり疑われることになりますよ。本格的な捜査にでもなれば反対派のかなりの人が捜査の対象となりますから……」

「なら言いますけど、届け出たとして、こんな深夜に何をしにこんなところへ行ったのかと聞かれたらどうしますか。そうや、ところでなんしに夜中にそんなとこへ行ったのかね浜本さん」

「………」

「浜本さんは公園の入り口の自動販売機まで自転車で飲み物を買いに行かれたそうです」

山田は塚原の問いにとっさに助け舟を出した。

「なるほど、そしたらこっちには誰が考えても自然な理由があるわけだから明日の朝にでも届けるのが一番無難ではないですか」

と北島。

「それなら私も同行します」

山田は言った。せめて浜本の気持が軽くなればと思ったのだ。

「俺は反対や、あんたら一体何時に警察に行くつもりや。届けに行くなら、その時すぐに行くべきやったんでないかい」

「そうや、朝早くに津田袋の家の者がケンの小屋を覗いて事態がわかったらすぐに警察沙汰になっとるやろう。騒ぎのさなかに『昨晩殺されました』とわかり切った届け出をするのかね。ばかばかしい。何ですぐに来んかったと言われるのがオチやないかね」

「山田さんと二人で行って見さっしねぇ、まるで、付き添われて出頭する犯人やないかい」

山本と塚原の理屈も一理あった。確かにそのとおりである。それまで無言だった尾山も二人の意見を支持した。それが決め手になったのかも知れない。すったもんだの末に「届け出はしない」「朝一番に集まって善後策を検討すること」になったのであった。

「犯人は誰やも知らんが、勇気ある誰かに感謝状を送りたいもんやねぇ。負けてむしゃくしゃしとったけどすっきりした」

塚原は山本に言った。たまたま乗り合わせて来ていたのだ。帰る時も同じ車である。

「ちょっと覗いてみようか」

二人でいるとこんな話はすぐに決まる。塚原と山本は車で現場を通りかかった。通りかかったというよりはわざわざ通ったのだ。こんな時に黙って帰るような二人ではない。車を止めて見回してみる。しかし、開いていたはずの木戸は閉まって、犬小屋の明かりは消えていた。もう津田袋の家の誰かが気がついたのだろう。二人は朝が楽しみだった。内心二人はほくそ笑んでいたのである。

翌日の朝、午前七時に集合した。九時からは選挙事務所の後片付けに仲間たちがやってくる。ニュースを見て、報道陣やら支持者やら、事務所はひっくり返したようになるに違いないので事前に今後のことを検討しておきたいというのが目的だった。

まず七時のニュースを見ようと全員がテレビの前に座ってスイッチを入れた。健太の死を知らせるニュースがまず目に飛び込んでくるだろうとテレビを注視した一同は目を疑った。

「おはよう新村長」と題した生番組でなんと!! 健太がうれしそうに尻尾を振っているのである。この番組で皮肉にも津田袋健太が犬であることを初めてマスコミが報道したのである。

「まさか!!」

では昨夜の話は一体何だったのだろうか。一同拍子抜けして顔を見合わせるばかりだった。昨夜浜本の見たものは本当に、一体なんだったのだろうか。ブラウン管に映った健太はピンピンしてご機嫌である。

「これはダミーではありませんかね」

国家が関わっているのだから考えてみればダミーの一匹や二匹は用意するのは当然と言えば当然の

ことである。もっと早くに気がつくべきだったと北島は悔やんだ。

「ダミーって、殺されたのがダミーなのか、今映っているのがダミーなのかどっちなんだろうか」

尾山が聞いた。

「コンチクショウ!! 殺されたのがダミーに決まってるだろうがね、先生」

塚原が吐き捨てるように言った。振り回された自分たちは滑稽といえば滑稽な話である。

その時山本が慌ただしく入って来た。

「犬なんか一匹も死んどらんぞ!!」

勢い込んで入って来た山本の言葉に一同が耳を疑った。そう言えば今朝は山本の顔が見えなかった。

「何があったんやー、松っちゃん話してくれ」

塚原が強い調子で聞いた。


殺したのは忍者とその仲間たちに違いないと確信していた山本は、集合時間の前に忍者を風呂屋のアジトに呼んで問いつめたのだ。そこで意外な事実が明らかにされたのである。

忍者は確かにあの夜、山本からの電話を受けて、夜が更けるのを待って、仲間を引き連れて津田袋の犬小屋に向かったのだ。山本の電話のとおり、電気が点いていて戸が開いていたので、中に入って驚いた。血まみれになった犬が死んでいる。先に殺した者がいたのかと思い、はやる気持ちを抑えて覗き込んだのだ。ところがよく見ると腹の辺りが動いている。寝息をたてているのだ。

「ではこの血は」と思いさらに見ると、血ではなくて赤い塗料が塗り付けてあるだけ、しかもその犬は健太ではなかった。良く似ているが健太ではなかったのだ。「偽物を殺しても仕様がない」と忍者とその仲間は帰って来たのだという。


「浜本さん！　あんた見間違うたがと違うかね」

「そうや、人騒がせな」

「ぬか喜びやったなぁ」

口々に言いはやされて浜本は黙ってうつむいてしまった。

「きっとお婆の仕事やろう。年寄りの腹いせや。あいつらならやりかねん」

塚原が言った。塚原は谷田ではないと思った。こんな「腹いせ」はあの男ではない。あの年寄り達ならいかにもやりかねない。北島もお婆の悪戯かも知れないと思った。

一方浜本は「見間違えた」と言われれば自信がない。冷静さを失っていたのは事実だった。では何のために……。

浜本はますますわからなくなった。昨日から繰り返し解いても解けない知恵の輪をいじくっているようで焦っていたのである。

北島は話を聞きながら、相手は確かにダミーを用意していたに違いないと思った。健太は犬なのだ。殺されたら元も子もない。そんな計画に国が加担したのだからダミーくらいは用意するだろう。その上、人気のない小屋に大事な健太を繋いで無防備に寝てしまうというのはちょっと考え難い。危険を織り込んで、ダミーをケンの犬小屋に繋いでおいたのだろう。

山田も北島も内心はほっとしていた。本当に殺していたら笑い事では済まなくなる。

その夜山田に呼ばれて、北島と浜本が山田の寺にやって来た。殺されていないことがはっきりしたのだ。だとしたらなおさらのこと浜本の不気味な体験を整理しておいたほうがいい。そう考えた山田が二人を呼んだのだ。浜本も願ってもないことだと思った。北島なら何かヒントをくれるかも知れない。山田は浜本がいとおしかった。しらふではきつかろうと少し酒と食べ物を用意した。場の雰囲気が和めば彼の気持も少々楽になるに違いないと考えたのだ。

「浜本さん、本当にその男に心当たりがありませんか……」

北島の問いに答えるまでもなく浜本には心当たりがなかった。

「たとえば一緒に逮捕された昔の仲間の親族とか……」

「親族……」

浜本は絶句した。親族までは考えたことはなかった。

「そういえば……兄がゼネコンにいるという男がおりました」

浜本は仲間のひとりがゼネコンに就職している兄がいて、おかげで喧嘩が絶えないと言っていたことがあったのを思い出したのだ。

「それですね。その人が大興組だったとしたら……謎は解けますよ」

浜本も山田もなるほどと思った。目的があって仕掛けられたことにまず間違いはない。覗き込んだその瞬間に写真を撮られていたとしたら……。

「ダミー犬を殺すことが目的ではなくて、浜本さんが過激派だということを印象づけることが目的ですから、必ず写真を撮られていますよ」

「健太を殺そうとして間抜けにも偽物を殺した過激派の活動家ということで、今後の闘争の中で、効果のある場面で必ず使われます」

山田が聞いた。

「死んでなくてもですか」

「実際死んでいなかったと、こっちが反論しても、なんでそんなことを知っているのかと言われるのがオチでしょうね。薄暗い人物として印象づけられることは代わりはありません」

北島が言った。目的そのものが犬の死ではなくて、浜本が逮捕歴のある過激派の活動家という経歴をもっとも効果のある方法で暴露することなのだ。それらしい写真さえ撮ってしまえばそれでいい。

「浜本さん本人でさえも本気で健太が死んだと間違われた訳ですから、きっと真に迫った演技をされているでしょうね」

北島の言葉に浜本は頭を掻いた。用意した食べ物のせいで、ちょっと和んだ雰囲気の中で話が進んだことに山田は安堵した。

選挙が終わってもこれですべてが終ったわけではない。というよりは、色恋村クリーンプロジェクト全体から見れば、一度目の選挙はまだほんの序奏にすぎない。「反対派には恐ろしい過激派が潜んでいた」それだけでも、使われ方しだいでは運動そのものを揺さぶる事件になりかねない。「過激派のいる運動」そんなイメージが定着したら、一般の村民を巻き込むことはもうできなくなる。それは反対派の存亡を左右するダメージになるに違いないのだ。

関係者の過去を洗い、弱みを見つけて作戦を立てる。権力のどす黒い暗闇に引き込まれる不気味さに三人は改めて身構えたのであった。

二

それから数日後。津田袋健太は初出勤をした。田岡も計画どおり助役に戻ることが出来たのも議会議長の上戸幸一の計らいであった。当選証書が手渡されるや、議会を招集して、田岡の助役就任を認めさせたのである。津田袋健太の初仕事は海町に計画されている健康ランドの決済であった。田岡に助けられて、無事決済をおろしたのである。

票差は四百九十四票。二百票そこそこでひっくり返る僅差であった。しかもその大半が不在者投票であることがわかったのは、それからしばらくしてからである。

健太が犬であるという具体的な報道は選挙が終わるまではとうとう唯の一度も見ることはなかった。

ほどなく花田陣営から選挙無効の裁判が起こされた。
「犬を候補者にした選挙は無効である」
これが訴えの主旨である。犬であることをはっきりさせた上での裁判に報道機関はどう関わるのか。これからが正念場だと誰もが思った。

北島は一度がっぷり四つの闘いをしてみて、かなり見えたものがあった。もとより国を相手にしているのだから何が起こってもしかたがないと自分に言い聞かせた。この上は選挙無効の闘いを勝ち抜くしかないと気を引き締めたのである。

投票箱を追っかけた自主選管の中の一組が、フルスピードで振り切られて投票箱の入った車を山の中で見失ったという報告と、村役場に投票箱が到着してから、開票までの待ち時間の間、投票箱の管理がまるでなってなくて、第三者が自由に近づくことができるという多数の自主選管の人たちからの指摘が気にかかっている。

それから極秘の情報だが、投票した人の数よりも実際に投票された票の数の方が二十票ばかり多かったのではないかという話が聞こえて来た。これは重大な問題である。裁判の中で明らかにして行かなければならない。

浜本はここまで来たらもう一度、過去にキチンと向き合うことから始めなければならないのかも知れないと思い始めた。運動を立て直し、今後の対策を練るためにも、せめて仲間たちには自分の過去をすべて曝《さら》け出して相談する必要があるに違いない。そこからしか始まらないと考えるようになった。

杉本は自分が不甲斐ないと腹立たしかった。門徒総代に一言二言、言われたぐらいで揺らいでしまって、こそこそと逃げていた自分が情けなくて、恥ずかしかった。犬を村長にしてしまった責任は自分にもある。そう思い詰めていたのである。

山田は杉本と浜本が気がかりでしょうがなかった。浜本も杉本も状況は違うが思い詰めていることは変わりはない。「腹をくくれ」と言ってやりたい気もする。しかし、自分の寺がもし海町になかったら、ここまで本気で反対運動に関わっていただろうかと自問してみる。とても自信はなかった。みんなそれぞれにそんな「もし」（御縁）を持っているに違いない。だから反対派か賛成派かなどという重大な問題さえも、たまたま分かれたに過ぎないのではないかとさえ思う。

杉本も浜本もまだ若い。今回の経験をその「もし」（御縁）にすることが出来たら、今後の彼らの人生そのものが変わるのではないかと山田は思っている。

山本は「健康ランド」ができるなら、裁判を吹っ掛けてでも補償金をせしめてやろうと考えていた。公衆浴場というのは基本的には自治体の条例で管理されていて、入浴料金も自分たちで決めることはできない。今回はその浴場が行政の都合で成り立たなくなる。状況次第では補償対象になるかもしれない。精一杯補償させて、いばりながらスナックに業種転換して、反対派の根城になるような商売にしてやろう。この世は賛成派か反対派しかいない。約半分の人が自分の側と考えたら有利に商売を展開できるはずではないか。どうせ国との喧嘩なんか簡単には終らない。もらうものはもらって、しっかり腰を落ち着けてしたたかに闘ってやろうと考えたのである。

尾山は身近な政治家の大半がこの村の選挙とどこか似ているのではないかと思った。ドッグレースさながら——。候補者が健太か、それとも津田袋大和自身か。大和型の人は闇の世界を自分で動かし、健太型の人は傀儡《かいらい》として利用される。どちらも有権者の想いが反映されることはない。その気になったら犬でも猫でも当選させてしまう。そんな保守型選挙で生まれた代議士先生たちに私たちは実際、国を託しているのかもしれない。多分、これが今の国政である。今の体たらくは当然のことに見えてくる。

塚原は耕地組の下請けをしている自分の会社の社長が従業員に日当を配って選挙に協力させていたのを知っていた。その金は津田袋から出ている。うっかりと従業員相手にしゃべっているのを聞いてしまったのだ。

いつもしていることだから社長はべつにどこも悪いと思っていないので全く隠していない。いくつかの証拠もすでに手に入れた。これは明らかな選挙違反でかなり重い。どうせ警察に持って行っても何もしないに決まっている。だから、もし自分の反対運動に、いちゃもんをつけて来た時にそれをチラつかせて、脅してやろうと策を練っている。

花田は選挙中に知り合った漁師のお父さんの船に乗って一緒に漁師をすることに決めた。花田の家は祖父の代まで漁師だったので誰も反対する人はいない。漁師をしながら、次のチャンスを待ちたいと思っている。

こうして選挙の年の春は終ったのであった。もちろん選挙違反で挙げられた人は皆無であった。

一方、健太はどうなったのか。なにしろ村長なのだから、……。それがなんと村役場の一階に診療所を設けてもらって癌の診療を始めてご機嫌なのだ。選挙中の盛況に、取り巻きが味をしめたのだという。津田袋光は健太の安全が守れないという理由で最後まで反対したらしい。蓋を開けたらやはりそれがまたたいへんな人気なのであった。

反対派が選挙無効の訴えを起こして以来。健太が犬であることがマスコミを通して、少しずつ広がって行った。このとんでもない事態を受けて、日本中の世論がこの非常識を撃つと思っていた花田の陣営は健太を応援する声が予想外に多いのに戸惑った。

「漢字を読めない総理大臣さえいるのに、村長が犬でなぜ悪いのか」

「どうせ似たようなものだから、報酬が安けりゃあ、犬の方がいいではないか」

そんな世論が新聞に連日掲載されるという事態になって、世論に判決が左右されるなどということが起こらないかと北島は日増しに不安になった。そんな時、かわいい雌犬をつれて、健太と交尾させてほしいという遠来の客が村役場にたびたびやってくるようになったのだ。

どうしても二世を作って、自分の村でもピンチの時にワンポイント村長にしたいのだという。

「二世の国会議員があんなにたくさん居るのに、こんな天才犬に二世を作ってどこが悪いのか」と迫られて、田岡もしぶしぶも納得したのだという。もちろん津田袋光は反対だった。しかし事を構えて反対できる立場ではない。

以来「有料」として村の財政を潤したという話である。二世に健太のような能力が備わっていたかは不明である。

これが色恋村の今である。色恋村物語は今始まったばかりである。

装丁・吉岡修
装画・貝原浩のイラストを吉岡修がコラージュ
編集協力・志澤佐夜

【著者】
落合誓子 **おちあい せいこ**
1946年生まれ。石川県珠洲市在住。
ノンフィクションライター・作家。
市議会議員として地方政治に関わる。

著作
『貴族の死滅する日』(晩聲社)
『女たちの山』(山と渓谷社)
『男と女の昔話』(JIC出版局)
『原発がやってくる町』(すずさわ書店) 他

バッド・ドリーム
村長候補はイヌ⁉ ～色恋村選挙戦狂騒曲

2009年8月30日 初版発行

著 者 落 合 誓 子
発行者 横 山 豊 子
発行所 有限会社 自然食通信社
〒113-0033 東京都文京区本郷2-12-9-202
TEL.03-3816-3857 FAX.03-3816-3879
http://www.amarans.net
E-mail;info@amarans.net
郵便振替口座 00150-3-78026

本文組版 秋耕社
印刷 吉原印刷株式会社
製本 株式会社越後堂製本

ISBN978-4-916110-91-6 C0036

自然食通信社の本

アテルイ
～はるかなる母神の大地に生きた男《ひと》

愚安亭遊佐・又重勝彦著
対談・愚安定遊佐＆高橋克彦

山を走り、野を駆け、母なる豊饒の大地に生きた東北先住の民、エミシ〈蝦夷〉。狩猟採集文化を守るため、押し寄せる一〇万の大和朝廷軍と戦ったアテルイが、共に生きるための「いのち」のいとなみを語り伝えんと、縄文の彼方より一二〇〇年の時を超え、ひとりの役者の肉体をかりて文明の行く末照らし出す。

定価一八〇〇円＋税

米食悲願民族
紫雲寺潟と江戸時代
～「山の権兵衛」から「平野の権兵衛」へ

星野建士著

史上二番目の列島改造時代ともいわれる江戸中期。かつては河口を一つにしていた阿賀野川、信濃川河口地帯の干拓・新田開発の難事業に携わったのは硫黄鉱山開発で富を得た信州牢人一統と下層農民・町人たち。「硫黄」が結ぶ信州と越後の縁を発端に人々の苦闘の跡を辿りつつ、多くのマチやムラがつくられた故郷創成の時代から、荒廃し続ける農地・山河、格差が深刻化する今日の問題の根源を問う。

定価二〇〇〇円＋税